X-MH46

Die Geschichte einer utopischen Liebe

© 2021, Doris Bühler
Herstellung und Verlag:
BoD – Books on Demand, Norderstedt
ISBN: 9783755753360

Cover: Tom Jay
Foto:(c)ArtMoodVisualz/Shutterstock.com

I.

Ich hatte ein schönes Leben.

Gleich nach dem Studium war ich als Directrice im Mode-Unternehmen von Jocelyn Grobleben untergekommen und hatte es im Laufe der Jahre bis zur rechten Hand der Chefin gebracht. Dass das Mode-Lable *Jocelyn*, das ihren Namen trug, in aller Welt bekannt war und geliebt wurde, war ebenso mein Verdienst, wie der ihre. Wir versorgten die Damenwelt mit exklusiver und dennoch bezahlbarer Mode. Wir bestimmten, was getragen wurde und was *in* war. Wir gaben die Richtung an.

Ich war ein Workaholic. Meine Woche hatte mindestens sechs Tage, mein Tag oftmals 14 Stunden oder mehr. Durch meine Arbeit kam ich in der ganzen Welt herum, reiste von einer Modenschau zur nächsten, eröffnete Ausstellungen, leitete Fotoshootings, kümmerte mich um die neuesten Kataloge und darum, dass die Models fit und zur rechten Zeit zur Stelle waren. Jocelyn wußte, was sie an mir hatte, und das ließ sie sich etwas kosten. Dadurch hatte sich im Laufe der Jahre ein ganz beträchtliches Sümmchen auf meinen Konten angehäuft. Allerdings hatte ich kaum Zeit, das Geld auch auszugeben und mir etwas Ausgefallenes zu gönnen, dafür machte mir die Arbeit viel zu viel Spaß. Und auch die Hektik und das Getrieben sein gehörte dazu. - Ich war noch jung, erst fünfunddreißig, und ich dachte mir, dass mir für das

Vergnügen auch später noch genügend Zeit blieb, wenn ich um Jahre älter und nicht mehr so belastbar und beweglich wäre.

Ich war nicht verheiratet, - auch das wäre mit meiner Arbeit für *Jocelyn* nicht vereinbar gewesen. Nicht, dass ich Männer nicht gemocht hätte. Oh doch, da gab es immer wieder mal einen, dem ich erlaubte, mir etwas näherzukommen. Den italienischen Mode-Zaren Giovanni DaLuca zum Beispiel, ein glutäugiger temperamentvoller Casanova, der einen Sommer lang mein Favorit gewesen war, oder den amerikanischen Großindustriellen Mark Westhusen. Aber heiraten oder mit einem von ihnen länger als notwendig zusammenzubleiben war für mich keine Option. Das mochte daran liegen, dass ich keinen von ihnen wirklich liebte. Inzwischen war ich sogar zu der Erkenntnis gekommen, dass ich einfach nicht fähig zu sein schien, einen Mann aus tiefstem Herzen zu lieben. Meine Arbeit ja, - die stand für mich immer an erster Stelle und bestimmte mein Leben, - aber die Liebe zu einem Mann...?

Genaugenommen gab es für mich nur drei Menschen, die mir - außer Jocelyn natürlich - wirklich wichtig waren und mir nahestanden, das waren meine Mutter, meine Schwester Ramina und mein Bruder Steven. Diese drei waren es dann auch, die dazu beitrugen, dass sich mein Leben eines Tages von Grund auf änderte und eine völlig neue Richtung nahm. Natürlich nicht von jetzt auf nachher, es brauchte seine Zeit. Im Nachhinein kann ich nicht einmal mehr genau sagen, welches Ereignis für meinen Wandel das entscheidendste war: Der Tod unserer Mutter, eine ernsthafte Unterredung mit Ramina über unseren Bruder Steven, - oder der Besuch bei Steven selbst.

Unsere Mutter war erst sechzig, als sie starb. Man sagte uns, irgendetwas mit ihrem Herzen sei nicht in Ordnung gewesen. Obwohl sie einst aus ärmlichen Verhältnissen gekommen war, hatte sie nie schwer arbeiten müssen. Als junges Mädchen war sie eine Schönheit gewesen und hatte unseren Vater so bezaubert, dass er sie auf der Stelle geheiratet und ihr die Welt zu Füßen gelegt hatte. Er konnte sich das leisten, - und er konnte es sich auch leisten, dass jedes von uns Kindern eine optimale Schulbildung und später die bestmögliche Ausbildung bekam.

Als er bei einem tragischen Unfall ums Leben kam, ließ er unsere Mutter als reiche, bestens versorgte Frau zurück, deshalb hielten wir Kinder, - alle inzwischen erwachsen und in verantwortungsvollen Positionen, - es auch nie für nötig, uns in besonderem Maße Sorgen um sie zu machen. Sie hatte alles, was sie brauchte: Eine Villa in einer der besten Gegenden unserer Stadt, Personal, das sich um alles kümmerte und medizinische Versorgung, wann immer sie notwendig war. Wir Geschwister telefonierten mit ihr, so oft es unsere Zeit zuließ, - wie es ihr jedoch wirklich ging, wie sie sich fühlte, was sie dachte, wovon sie träumte..., das wußte keiner von uns so genau. Mir wurde das erst nach ihrem Tode so richtig klar.

Wir hatten eine Firma damit beauftragen, ihren Haushalt aufzulösen. Da keiner von uns daran interessiert war, das eine oder andere ihrer wertvollen Stücke für sich zu behalten, ließen wir unbesehen alles verkaufen, was ihr gehört hatte, - ohne darauf aus zu sein, möglichst viel Geld dafür zu bekommen. Wir hatten ja selbst genug.

Und doch hatte es da etwas gegeben, was uns nach ihrem Tod in Staunen versetzte, weil wir uns im ersten Augenblick nicht erklären konnten, was es zu bedeuten hatte. Einer der Makler hatte nämlich in einem Geheimfach ihres Schreibtisches eine Mappe gefunden, die uns Rätsel aufgab. Darin gab es verschiedene handschriftliche Briefe und alte Fotos von einem Mann, den wir nicht kannten und die DVD eines Filmes, dessen Titel wir noch nie gehört hatten.

Unser Bruder Steven war damals schon krank und lebte in einem Pflegeheim, zur Beerdigung unserer Mutter hatte er jedoch kommen können. Da weder er noch Ramina irgendein Interesse an dem geheimnisvollen Fund zeigte, nahm ich ihn an mich, obwohl auch ich im Grunde nichts damit anzufangen wußte.

Wochen später traf ich mich mit Ramina, weil sie mit mir über Steven sprechen wollte. Es war schwierig für uns, einen Termin zu finden, der uns beiden passte, und erst im allerletzten Augenblick war es mir möglich gewesen, zwischen zwei Flügen ein paar Stunden für sie freizuhalten. Wir sahen uns im Restaurant des Flughafen-Hotels, sie hatte sich dort für eine Nacht ein Zimmer genommen.

Ramina war zwei Jahre jünger als ich, arbeitete als Privatsekretärin für den Chef eines großen Fernseh-senders, sprach fließend vier Sprachen und sah sehr hübsch aus. Lächelnd registrierte ich, dass auch sie ein *Jocelyn*-Modell trug.

"Agneta, ich mach mir ernsthaft Sorgen um Steven", begann sie, während sie nervös das Rotweinglas in ihrer Hand drehte.

Ich wunderte mich. "Er hat doch aber einen recht guten Eindruck gemacht auf Mamas Beerdigung", sagte ich.

"Das täuscht. Er hat diese neue Krankheit, ich weiß nicht, ob du schon davon gehört hast?"

Ich hob die Schultern. "Natürlich habe ich davon gehört, aber keiner konnte mir bisher genau sagen, was es damit auf sich hat. Nicht mal im Internet erfährt man Näheres. - Und Steven selbst wollte ich nicht danach fragen."

"Soviel ich weiß ist es eine Nervenkrankheit", erklärte mir meine Schwester. "Man nennt sie GLaR-30, aber ich habe keine Ahnung, was diese Kennzeichnung bedeutet. Man sagt, dass es sich dabei um eine Art Realitätsverlust handelt."

"Und wie äußert sich das?"

"Es heißt, die Patienten sollen immer wieder Phasen geistiger Umnachtung durchmachen."

"Das ist ja furchtbar. Obwohl..., Steven kam mir eigentlich ganz stabil vor."

"Wahrscheinlich hat er vorher die entsprechende Dosis an Medikamenten bekommen, um für eine gewisse Zeit durchzuhalten. Seit der Beerdigung sind aber auch schon wieder einige Wochen vergangen, möglicherweise ist die Krankheit bei ihm in der Zwischenzeit doch schlimmer geworden."

"Hast du ihn schon einmal besucht in diesem Heim?", fragte ich. „Vielleicht sollten wir mal zusammen hinfahren, darüber würde er sich bestimmt freuen. Auf diese Weise könnten wir uns auch ein Bild von seinem Gesundheitszustand machen und überprüfen, ob er wirklich die bestmögliche Pflege und Versorgung bekommt."

Ramina schüttelte heftig den Kopf. "Oh nein, nein, das ist keine gute Idee. Ich habe ihm das an der Beerdigung vorgeschlagen, doch er hat vehement abgelehnt. Er will niemanden sehen, hat er gesagt, auch uns nicht. Er hat mich sogar gebeten, es auch dir noch einmal zu sagen: Keine Besuche! Daran sollen wir uns unbedingt halten."

"Aber warum denn nur. Wir können ihn doch nicht einfach im Stich lassen und uns zukünftig nicht mehr um ihn kümmern."

"Man hat das schon des Öfteren von Patienten gehört, die in einem Heim untergebracht sind", sagte Ramina, „sie wollen keinen Kontakt mehr nach außen, nicht einmal mehr zu den nächsten Verwandten. Und vielleicht ist gerade *das* ein typisches Symptom dieser neuen Krankheit: Sie wollen in ihrer eigenen Welt leben, und was um sie herum geschieht, interessiert sie nicht mehr."

Ich schüttelte den Kopf. "Wie traurig. Das passt so gar nicht zu Steven. Er war doch immer ein Hans-Dampf-in-allen-Gassen, hat das Leben in vollen Zügen genossen."

Ramina nickte. "Ja, das ist schrecklich. Wenn man bedenkt, wie sportlich aktiv er immer war, wie unternehmungslustig. Nun droht ihm nicht nur körperlicher Verfall, sondern auch geistig wird es mit ihm bergab gehen. Stell dir vor, eines Tages wird er uns vielleicht nicht einmal mehr erkennen."

Vorsichtig fragte ich: „Glaubst du, dass dieses GLaR-30 ansteckend sein könnte?" Ich dachte an unser letztes Treffen mit Steven. Wir hatten lange zusammengesessen und miteinander geredet, und wir hatten uns umarmt. Ich hatte keine Ahnung, wie und wodurch man diese Krankheit überhaupt bekommen konnte.

Doch Ramina schüttelte wieder den Kopf. "Nein, nein, ansteckend scheint es nicht zu sein, sonst wären mehr Menschen davon betroffen. Wie Steven dazu gekommen ist, kann ich mir allerdings auch nicht erklären, - wo er doch immer ein so starker und gesunder Mann war.“

Sie starrte eine Weile vor sich ins Leere. „Irgendwo habe ich sogar einmal gehört, dass es eine Erbkrankheit sein könnte, aber wirklich sicher ist das auch nicht. Wahrscheinlich ist es, wie mit vielen anderen Krankheiten auch: Sie fällt einen urplötzlich an, man weiß nicht, wieso und warum und kann auch nicht viel dagegen tun."

"Da können wir nur hoffen, dass wir davon verschont bleiben."

Meine Schwester nickte. "Stell dir mal vor, du müßtest *Jocelyn* verlassen“, sagte sie und strich lächelnd über den Ärmel ihrer *Jocelyn*-Bluse. „Und stell dir vor, es würde dir auf einmal keinen Spaß mehr machen, neue Modelle zu entwerfen und sie der Welt zu präsentieren."

Ich schüttelte den Kopf. Der Gedanke war mir unvorstellbar.

In den darauffolgenden Tagen mußte ich viel an Steven denken, und ich machte mir große Sorgen um ihn. Er und ich, wir hatte seit unserer Kindheit schon immer einen besonders guten Draht zueinander gehabt. Im Grunde hing ich mehr an ihm, als an Ramina, die immer schon lieber ihre eigenen Wege gegangen war.

Warum mußte ausgerechnet er diese neue Krankheit bekommen? Und warum erfuhr man darüber nichts Genaues in den Nachrichten oder in den Zeitungen und Magazinen? Wahrscheinlich hatte Ramina recht, wäre es etwas, womit man sich infizieren könnte, würde man sicher mehr darüber wissen, und die Gesundheits-behörden hätten längst Maßnahmen ergriffen. Sollte es aber tatsächlich eine Erbkrankheit sein, hatte Steven vielleicht inzwischen etwas darüber von seinen Ärzten erfahren. Ich mußte unbedingt mit ihm reden.

Ich beschloss also, ihn auch gegen seinen Willen zu besuchen, solange es noch möglich war. Auf jeden Fall aber wollte ich versuchen, mit seinen Ärzten zu reden, um zu erfahren, ob auch für Ramina und mich die Gefahr bestand, daran zu erkranken.

In diesen Tagen fiel mir auch wieder die Mappe ein, die unsere Mutter in einem geheimen Versteck aufbewahrt hatte, und die ich aus Zeitmangel damals nur schnell irgendwo in meinem Schreitisch abgelegt hatte, ohne mich weiter darum zu kümmern. Nun dachte ich, falls es sich bei Steven tatsächlich um eine Erbkrankheit handeln sollte, gab es möglicherweise Hinweise darauf, dass es sie früher schon einmal in unserer Familie gegeben hatte. Vielleicht fand ich etwas, wenn ich mir den Inhalt der Mappe einmal ein bisschen genauer anschaute? Es wäre immerhin möglich, dass unsere Mutter etwas darüber geheim gehalten hatte, um uns nicht zu beunruhigen.

Ich öffnete also mein Schreibtischfach, nahm die Mappe heraus und betrachtete sie von allen Seiten. Sie war nicht beschriftet, sie war also an niemanden persönlich gerichtet. Doch sie wies Spuren auf, die belegten, dass sie schon oft zur Hand genommen worden war.

Ich zog den Inhalt heraus und breitete alles vor mir auf dem Schreibtisch aus. Es waren Briefe und Fotos, auch sie waren deutlich abgegriffen. Dazwischen kam eine CD zum Vorschein, die ich zunächst zur Seite legte, um mir als erstes die Briefe anzusehen. Willkürlich griff ich nach einem der Umschläge, das Blatt darin war von Hand geschrieben.

"Meine liebste Miranda", las ich, *„dich hat mir der Himmel geschickt."*

Miranda, das war unsere Mutter, und laut Datum, das am Beginn des Schreibens angegeben war, war sie beim Erhalt dieser Zeilen bereits 42 Jahre alt gewesen. Damals hatte Vater noch gelebt.

"Ich habe dir so viel zu verdanken. Mit deiner Hilfe ist es mir endlich möglich geworden, mein Projekt zu verwirklichen. Du hast immer an mich geglaubt, und das werde ich dir niemals vergessen. Sag auch deinem Mann tausend Dank, dass er dich in deinen Bemühungen, mir zu helfen, unterstützt hat."

Ich seufzte, es schien also kein Liebesbrief zu sein, den Mama von einem anderen Mann erhalten hatte. Unser Vater hatte gewußt, dass es diesen Mann und diese Briefe gegeben hatte. Demnach gab es auch nichts Brisantes aufzudecken, und auch nichts, was mir Aufschluss über Stevens Krankheit geben konnte. Ich hatte das Interesse verloren, überflog die anderen Briefe nur und legte sie zur Seite.

Der Verfasser der Briefe hieß Jannis Brega, er war Schauspieler, und sein größter Wunsch war es gewesen, eines Tages in einem Film die Hauptrolle zu übernehmen. Es hatte jedoch weder einen namhaften Regisseur gegeben, der an ihm interessiert gewesen wäre, noch hatte er die nötigen Mittel gehabt, um selbst etwas Derartiges auf die Füße zu stellen. Doch unsere Mutter schien an ihn geglaubt zu haben, denn sie sorgte dafür, dass sein großer Traum in Erfüllung gehen konnte. Nicht nur, dass sie ihm die Hauptrolle in dem Film *Gewitterregen* vermittelt hatte, sie hatte diesen Streifen auch finanziert. Daher war es nicht verwunderlich, dass er ihr unsagbar dankbar war und sie grenzenlos verehrte.

Jannis Brega war ein gutaussehender junger Mann, wie man auf den beiliegenden Fotos sehen konnte: Groß und schlank, mit dunklem, ganz leicht gelocktem Haar, das ein etwas kantiges Gesicht umschloss. Im Gegensatz zu seinen Augen, die eine gewisse Kälte und Härte ausstrahlten, hatte er einen ungewöhnlich hübschen sanften Mund, der den Blick seiner Augen Lügen strafte. Den Fotos nach schien er damals etwa im gleichen Alter gewesen zu sein, wie wir Geschwister zu der Zeit, als wir die Mappe gefunden hatten, und ich fragte mich, was dieser Mann meiner Mutter wirklich bedeutet haben könnte. Wenn unser Vater von ihm wußte, warum hatte sie dann alle Hinweise auf ihn so gut versteckt? War er wirklich nur der talentierte junge Mann gewesen, dem sie hatte weiterhelfen wollen? Ohne jegliche Hintergedanken? Einfach nur, weil sie sein Potential erkannt hatte und an ihn glaubte?

Als Letztes nahm ich die beiliegende DVD zur Hand. Damit schien es um genau den Film zu gehen, der in dem Brief erwähnt worden war, denn der Titel lautete tatsächlich *Gewitterregen*, und auf dem Cover war ein Foto des Hauptdarstellers zu sehen, auf dem er eine blonde junge Frau in den Armen hielt.

Ich muß zugeben, dass dieser Film inzwischen doch ein wenig meine Neugier geweckt hatte. Ich wollte ihn mir ansehen, ging deshalb ins Wohnzimmer hinüber und legte ihn in den DVD-Player ein.

Ich weiß nicht mehr genau, was ich eigentlich erwartet hatte: Einen ganz gewöhnlichen Liebesfilm? Oder hoffte ich, etwas Geheimnisvolles, Mystisches oder gar kriminalistisch Spannendes zwischen den einzelnen Szenen zu entdecken? Etwas, das mit dem eigentlichen Film nichts zu tun hatte, das mir aber Aufschluss darüber geben würde, warum unsere Mutter auf diesen Mann gesetzt und diese DVD so gut vor aller Welt versteckt hatte?

Bevor ich auf Start klickte, holte ich mir aus der Küche eine Tüte Chips und etwas zu trinken, es sollte ein gemütlicher Abend werden. Doch ich war ziemlich gestresst gewesen an diesem Tag, und es dauerte nicht lange, bis ich anfing, gegen die aufkommende Müdigkeit anzukämpfen. Der Film hatte ganz banal begonnen, es ging um den Sohn eines Hamburger Fabrikanten, der sich in die Tochter des Mannes verliebt hatte, in dessen Hotel er regelmäßig übernachtete, wenn er geschäftlich in Berlin zu tun hatte.

Es war nicht die Schuld des Films, dass mir immer wieder die Augen zufielen und dass mir ganze Passagen verlorengingen. Letztendlich brach ich ihn ab und legte mich schlafen. Ich würde an einem anderen Tag, wenn ich mich ausgeruhter fühlte, auf die DVD zurückkommen und sie mir noch einmal ganz von vorn und dann sehr aufmerksam ansehen.

Das Seltsame war allerdings, dass ich im Laufe des nächsten Tages immer wieder das Gesicht von Jannis Brega vor mir sah, des jungen Mannes, der die Hauptrolle gespielt hatte. Es war dasselbe Gesicht wie auf den Fotos, und doch berührte es mich, nachdem ich ihn im Film gesehen hatte, weit mehr, weil er darin lebendig gewesen war. Ich sah wieder sein Lachen vor mir, das Grübchen in seiner Wange, das Zwinkern in seinen Augen, wenn er mit den Mädchen geflirtet hatte. Zwar hatte ich vom Inhalt des Films nicht sehr viel mitbekommen, aber dieses Gesicht sah ich immer und immer wieder vor mir und konnte es nicht vergessen.

Nachdem ich mir an einem anderen Tag den Film noch einmal angesehen hatte, ganz intensiv, vom Anfang bis zum Ende, mußte ich mir eingestehen, dass mich zwar das Werk an sich nicht unbedingt gefesselt hatte, dass mir aber dieser Mann gefiel. Sogar ein wenig mehr, als über das übliche Maß hinaus.

Doch Jannis Brega, wer war das überhaupt? Es war Jahre her, seit dieser Film gedreht worden war. Wer war er inzwischen? Lebte er überhaupt noch? War er einer der ganz großen Stars geworden?

Ich recherchierte im Internet, konnte aber nichts über ihn finden. Es gab niemanden mit diesem Namen, und es schien, als hätte es ihn auch niemals gegeben.

Ich schaute mir den Film ein zweites und ein drittes Mal an, durchforstete Vor- und Abspann, - doch nichts brachte mich weiter. Das einzige, was ich damit erreichte, war, dass mich dieser junge Mann im Laufe der Zeit immer mehr faszinierte. Natürlich wußte ich, dass es ihn so, wie er in den Filmszenen existierte, längst nicht mehr gab, doch möglicherweise war genau *das* der Grund dafür, dass ich mich in ihn verliebte. Immer wieder hatte ich sein Gesicht vor Augen, sein Lächeln... Und schließlich griff ich nach dieser DVD wann immer ich zu Hause war.

In meinem realen Leben gab es auch weiterhin keinen Mann, der mir etwas bedeutet hätte, mit dem ich hätte zusammen sein und zusammenbleiben wollen. Doch in meinen Träumen gab es nun Jannis Brega, - obwohl ich mir einredete, dass ein Mann aus der Vergangenheit eigentlich gar nicht zählte, dass meine Liebe zu ihm gar keine richtige Liebe war, sondern nur eine Illusion. Sie war nicht wirklich, nicht existent, - es gab sie nur in meinem Kopf. Und eben auch ein bisschen in meinem Herzen.

Sollte es meiner Mutter mit ihm ebenso gegangen sein, weil sie alles über ihn versteckt und es sich nur heimlich angesehen hatte? Hatte sie seinetwegen vergessen, wer sie war? Dass sie Ehefrau und Mutter von drei Kindern und fast zehn Jahre älter war, als er?

Mir kam das Wort *Realitätsverlust* in den Sinn, das Ramina im Zusammenhang mit der Krankheit unseres Bruders erwähnt hatte. Sollte unsere Mutter auch bis zu einem gewissen Grad an Realitätsverlust gelitten haben?

Hatte sie vielleicht dieselbe Krankheit, an der Steven heute litt? War vielleicht auch ich in Gefahr, dass mir mit Jannis dasselbe passierte, weil ich mir diesem Film viel zu oft ansah und ihm viel zuviel Bedeutung beimaß? Konnte man tatsächlich die Realität aus den Augen verlieren, wenn man zuviel fantasierte?

Aber nein, trotz meiner Träumereien von diesem Mann hatte ich nie den Boden unter den Füßen verloren. Meine Arbeit war auch weiterhin das Wichtigste für mich. Ich arbeitete hart, nahm Stress, Hetze und Rastlosigkeit auf mich und gab immer hundert Prozent, - wie schon all die Jahre zuvor.

Im Laufe der Zeit sah ich in meiner Fähigkeit zu träumen sogar ein Geschenk, weil es mir, trotz der Härte meines Jobs, zeigte, dass auch in mir eine gefühlvolle Seite schlummerte, die mir an so manchem Abend den Ausgleich zu meinem hektischen Leben brachte.

II.

Ich weiß nicht, warum ich plötzlich den starken Wunsch verspürte, trotz seines Verbotes meinen Bruder zu besuchen. Wahrscheinlich war es die neu entdeckte menschliche Seite in mir, die mir diesen Gedanken eingegeben hatte. Ich rief Ramina an und sagte ihr, was ich vorhatte, doch sie war strikt dagegen.

"Das kannst du nicht machen, Agneta, er hat ganz deutlich zum Ausdruck gebracht, dass er das nicht will. Wahrscheinlich wäre es ihm sogar peinlich, wenn wir ihn in seinem jetzigen Zustand sähen."

"Du hast ja recht. Aber ich würde doch gern einmal mit seinen Ärzten reden. Selbst wenn ich ihn nicht persönlich treffen kann, könnten sie mich doch vielleicht beruhigen. Möglicherweise erwarten sie es sogar von uns als seiner Familie, dass wir uns wenigstens hin und wieder nach ihm erkundigen. Bestimmt würden sie es mir sagen, wenn ihm ein Besuch schaden würde."

"Also gut, wenn du das machen willst. Ich für mich halte es jedoch für besser, mich nicht bei ihm zu melden. Ich möchte auf keinen Fall etwas tun, was nicht gut für ihn ist oder ihm sogar schadet."

"Das will ich doch auch nicht." Ich seufzte tief. „Aber gut, ich werde zuerst einmal mit der Leitung des Pflegeheims reden und mich nach ihm erkundigen. Dann werde ich ja hören, was sie dazu zu sagen haben."

"In Ordnung, mach das, wenn du meinst. Vorher gibst du ja eh' keine Ruhe. Aber sag mir bescheid, wie die Heimleitung reagiert hat."

Am nächsten Morgen rief ich im Pflegeheim an. Es hieß *Friedenspfad*, und ich fand, das war ein guter Name für ein Zuhause für kranke Menschen.

„Mein Name ist Vanderbild", stellte ich mich vor. „Ich habe vor, meinen Bruder, der in Ihrem Heim lebt, zu besuchen."

Die Dame am Telefon war sehr nett. „Wie heißt denn ihr Bruder?", fragte sie freundlich.

„Auch Vanderbild, Steven Vanderbild."

„Einen Augenblick bitte, da muß ich nachsehen."

Ich wartete. Ich wunderte mich, dass es so lange dauerte, bis sie mir Antwort geben konnte, weil ich geglaubt hatte, sie müsste einfach nur auf einer Liste nachschauen.

„Ja, Ihr Bruder wohnt bei uns, aber..."

„Aber?"

„Wir müssten uns erst bei ihm erkundigen, ob er damit einverstanden ist, dass Sie ihn besuchen kommen."

„Ja, fragen Sie ihn", antwortete ich, „ich warte solange."

Sie lachte. „Oh nein, so schnell geht das nicht. Man muß erst den richtigen Augenblick abwarten, um ihn fragen zu können."

„Vielleicht könnte ich aber schon mal mit seinem behandelnden Arzt sprechen, damit ich weiß, wie es meinem Bruder geht. Wir machen uns nämlich große Sorgen, meine Schwester und ich."

„Das verstehe ich", war die Antwort, „aber unser Ärzteteam ist nicht sehr breit aufgestellt, weil hier vorort nur wenige medizinische Maßnahmen durchgeführt werden. In erster Linie geht es uns darum, dass die Patienten, bei denen wenig oder keine Aussicht auf Heilung besteht, hier in Ruhe und Frieden leben können und so gut wie möglich mit ihrer Krankheit zurechtkommen. Vielleicht sollten Sie sich in zwei oder drei Tagen noch einmal melden, bis dahin weiß ich, welcher Arzt für ihren Bruder zuständig ist und kann ihm mitteilen, dass sie angerufen haben. Und dann wissen wir auch, ob Ihr Bruder mit Ihrem Besuch einverstanden ist."

Ich war ärgerlich geworden. „Es kann doch nicht so schwer sein, seinen Arzt heute noch ausfindig zu machen, um ihn zu fragen, ob ich mit ihm reden kann oder nicht. In anderen Pflegeheimen spaziert man einfach hinein, wenn man seine Angehörigen besuchen will. Warum ist das bei Ihnen so schwierig."

„Wir sind ein ganz besonderes Heim", belehrte sie mich. „Unsere Bewohner zahlen eine Menge Geld dafür, dass sie hier bei uns sein dürfen. Demnach müssen wir uns auch nach ihren Wünschen richten und müssen alles, was sie stören oder aufregen könnte, von ihnen fernhalten. Das müssen Sie verstehen."

„Muß ich das?", murmelte ich vor mich hin. Aber mir war klar, dass die Dame am Telefon nichts dafürkonnte, sondern auch nur den Anordnungen der Heimleitung folgte.

„Also gut", sagte ich, „heute ist Montag. Wenn ich mich am Mittwoch wieder bei Ihnen melde, wäre das in Ordnung?"

„Oh ja, ich bedanke mich für Ihr Verständnis.“

Ich hatte ein eigenartiges Gefühl, nachdem ich das Telefonat beendet hatte. Gab es einen besonderen Grund dafür, dass es so schwierig war, jemanden in diesem Heim zu besuchen? Waren auch die übrigen Bewohner von derselben Krankheit betroffen, die Steven erwischt hatte? War sie so schlimm, dass wirklich ganz besondere Maßnahmen notwendig waren?

Gut, ich war nie sehr oft mit Steven zusammengekommen, auch vor Mamas Beerdigung nicht. Mit den zwei Tagen konnte ich mich abfinden.

Am Mittwoch rief ich wieder an. Die Dame am Telefon erinnerte sich an mich. „Ah Frau Vanderbild. Ich habe mit Dr. Wilhelm gesprochen“, meinte sie, „und von seiner Seite aus steht einem Besuch bei Ihrem Bruder nichts im Wege. Allerdings…“

„Allerdings?“ Ich seufzte. Was war denn nun schon wieder?

„Allerdings muß er Ihren Bruder zunächst ganz vorsichtig darauf vorbereiten, dass Sie ihn zu sehen wünschen.“

„Das verstehe ich nicht, er ist doch mein Bruder. Wir haben uns immer gut verstanden. Und im Frühjahr, bei der Beerdigung unserer Mutter, hat er einen sehr guten Eindruck auf mich gemacht. Da hatte ich keinesfalls das Gefühl, dass es ihm ungewöhnlich schlecht ging.“

„Verzeihen Sie, Frau Vanderbild, aber ich denke, dass Sie als Laie das nicht wirklich beurteilen können.“

„Ist er denn so krank, dass Sie glauben, sogar der Besuch seiner eigenen Schwester könnte ihm schaden?“

Die Frau lachte ein bisschen gekünstelt. „Frau Vanderbild… Die Bewohner unseres Hauses sind zwar krank, aber sie sind freie Menschen, die selbst entscheiden können, wer sie besuchen darf und wer nicht. Deshalb ist es einfach notwendig, dass wir Rücksprache mit ihnen nehmen.“

„Natürlich, das verstehe ich, aber…“

„Und manche von ihnen möchten einfach allein- und in Ruhe gelassen werden. Um herauszufinden, wie ihr Bruder dazu steht, braucht es etwas Zeit.“

Ich war noch immer ärgerlich. „Also gut, dann sagen Sie mir hier und jetzt, bis wann Sie oder ihre Doktoren herausgefunden haben, ob mich mein Bruder sehen will, oder nicht.“

„Melden Sie sich in einer Woche noch einmal…“

„In einer Woche?“ Ich war fassungslos. „Und was heißt ‚noch einmal‘? Sie werden auf alle Fälle in einer Woche von mir hören, und wenn Sie mir bis dahin nicht die Antwort meines Bruders geben können, dann muß ich davon ausgehen, dass mit Ihrem Heim etwas nicht in Ordnung ist. Und dann werde ich mit der Polizei bei Ihnen aufkreuzen, darauf können Sie sich verlassen.“

„Frau Vanderbild, bitte…“

Aber ich hatte schon aufgelegt. Irgendetwas stimmte nicht mit diesem Heim, davon war ich überzeugt. Dennoch wollte ich diese eine Woche noch warten.

Genau eine Woche später fuhr ich zum Heim, ohne mich vorher telefonisch anzumelden. Die Straße, in der es lag, gehörte zu den besten Wohngegenden der Stadt. Sie war gesäumt von prächtigen Villen, die umgeben waren von traumhaft schönen und gut gepflegten Gärten.

Nur ein kleines Holzschild neben dem Gartentor einer dieser Villen wies darauf hin, dass sie eine ganz bestimmte Bedeutung hatte. *Haus Friedenspfad* stand darauf, man konnte es leicht übersehen, wenn man nicht danach suchte.

Ich öffnete das Gartentor, - es war nicht verschlossen. Dann folgte ich dem Kiesweg, der durch eine parkartige Anlage führte. Einzelne Heimbewohner saßen auf den Bänken, lasen oder ließen sich von der Sonne bescheinen. Eine Sekunde lang dachte ich daran, mich zu einem von ihnen zu setzen und ein Gespräch zu beginnen, um ein wenig mehr über das Heim und seine Gepflogenheiten zu erfahren. Aber das ließ ich dann lieber, denn zuerst wollte ich wissen, wie man mir dieses Mal begegnen würde. Und ob ich nun endlich meinen Bruder zu sehen bekam.

Die pompöse Eingangstür wurde von zwei Säulen flankiert, die einen kleinen Balkon mit verschnörkeltem Geländer trugen. Die Eingangshalle war mit dunklen Marmorfliesen ausgelegt. Kaum war ich eingetreten, als sich die Dame an der Rezeption von ihrem Stuhl erhob.

„Kann ich Ihnen helfen?" fragte sie.

„Ja, das können Sie. Mein Name ist Vanderbild, wir haben schon miteinander telefoniert."

„Ach, Frau Vanderbild." Sie schien jedoch nicht sehr erfreut darüber zu sein, dass ich gekommen war, ohne vorher noch einmal anzurufen. Nervös nahm sie den Hörer der Telefonanlage zur Hand und drückte verschiedene Knöpfe.

„Die Frau Vanderbild ist hier," sagte sie in den Apparat hinein, ohne mich aus den Augen zu lassen, und nach einer Weile schloss sie das Gespräch mit dem Satz: „In Ordnung. Danke, Herr Doktor."

Dann wandte sie sich wieder an mich. „Einen Augenblick bitte, Dr. Wilhelm wird gleich hier sein."

Im nächsten Augenblick kam ein Mann in weißem Kittel durch eine Flügeltür auf mich zu und streckte mir die Hand entgegen. „Guten Tag, Frau Vanderbild."

„Guten Tag, Herr Doktor. Ich hoffe doch, dass sie mich heute nicht wieder abweisen und mir endlich sagen, wie es meinem Bruder geht."

Er lächelte. „Es geht ihm gut", sagte er und fügte hinzu: „Ich denke, dass sie heute mit ihm reden können."

Ich atmete auf. Wenn ich mit ihm reden konnte, dann konnte ich mir selbst ein Bild von seinem Zustand machen.

Dr. Wilhelm führte mich in eine Art Aufenthaltsraum. „Nehmen Sie doch bitte Platz. Es wird noch einen Moment dauern", sagte er.

Ich setzte mich und schaute mich im Raum um. Er war hübsch eingerichtet, mit hellen Möbeln und Bildern an den Wänden. Einige der Bewohner saßen an den Tischen und lasen in Zeitungen oder Magazinen, andere hatten vor Computern Platz genommen, die auf der Längsseite des Raumes aufgestellt waren. Auf der gegenüberliegenden Seite schaute man durch eine große Fensterfront hinaus in den Garten.

Ich ließ die Tür nicht aus den Augen, weil ich erwartete, dass Steven jedem Augenblick hereinkommen könnte. Doch es verging eine Viertelstunde, zwanzig Minuten…

Nach einer halben Stunde war er immer noch nicht da. Gut, dachte ich, er war krank, vielleicht hatte er geschlafen, mußte sich erst anziehen, zurechtmachen...

Doch rechtzeitig bevor ich wieder ärgerlich wurde, kam ein junger Mann herein und direkt auf mich zu. Auch er trug einen weißen Kittel, für einen Arzt schien er jedoch zu jung zu sein.

„Frau Vanderbild?" fragte er und sah mich forschend an.

„Ja." Ich seufzte. Welche Ausrede mochte es nun wieder geben, um mich daran zu hindern, meinen Bruder zu sehen?

„Herr Vanderbild ist damit einverstanden, Sie zu empfangen. Bitte folgen Sie mir."

Ich atmete auf. Na endlich, dachte ich. Ich versuchte, den Ärger hinunterzuschlucken, ein freundliches Gesicht zu machen und zu lächeln. Steven sollte nicht merken, wie mich der Kampf um einen Besuch bei ihm bisher schon genervt hatte.

Der junge Mann begleitete mich im Fahrstuhl in den dritten Stock, dort ging er voraus, blieb vor einer der Türen stehen und öffnete sie vorsichtig einen kleinen Spalt. Ich konnte nicht hineinsehen, aber ich merkte, dass der junge Mann in ein Mikrophon sprach, das außerhalb neben der Tür angebracht war.

„Herr Vanderbild, Ihre Schwester ist da."

Ich hielt den Atem an.

„Welche ist es denn?", kam seine Stimme aus dem Inneren des Raumes, „ist es Agneta?"

Mein Begleiter schaute mich fragend an, und ich nickte.

„Ja, Ihre Schwester Agneta."

„Gut. Sie soll hereinkommen."

Der junge Mann öffnete die Tür nun vollständig, ging etwas zur Seite und ließ mich eintreten.

Ich nickte ihm zu. „Danke", sagte ich zu ihm.

Im Zimmer war es dämmrig, das lag an den dunklen Vorhängen, die vor das Fenster gezogen worden waren. Im ersten Augenblick erkannte ich nur wenig. Dann nahm ich vor mir, der Tür gegenüber, eine Art Stuhl wahr, der zum Fenster ausgerichtet war. Doch das war kein normaler Stuhl, er glich vielmehr einem, wie man ihn vom Zahnarzt her kannte. Nur, dass an diesem hier noch viel mehr an Apparaten, Geräten, Vorrichtungen und Ähnlichem angebracht war. Es war mir unmöglich, festzustellen, was ich da wirklich vor mir sah. Ich stand sozusagen hinter diesem Ding von einem Stuhl und konnte meinen Bruder nirgendwo entdecken. Doch plötzlich hörte ich ihn lachen. „Da staunst du, - was, Schwesterherz?"

Und plötzlich fuhr dieser Stuhl herum, und ich sah Steven darin sitzen. Und noch während mir vor Schrecken und Erstaunen die Stimme wegblieb, nahm er eine Art Helm vom Kopf und vom Gesicht und sah mir mit breitem Grinsen entgegen.

„Ich freu mich, dass du gekommen bist, Agneta. Wirklich."

Ich konnte noch immer nichts sagen, starrte ihn nur an und stellte fest, dass er keineswegs krank aussah.

„Nun schau nicht so erschrocken", lachte er und löste seine Handgelenke und Arme aus den Befestigungen, die an den Armlehnen und seitlich am Stuhl angebracht waren.

Oh mein Gott, dachte ich entsetzt. Warum hatte man ihn fixieren müssen? Bekam er Anfälle, und was machte er dann, wenn sie ihn überfielen? War es möglich, dass er sogar mir, seiner Schwester, etwas antat?

Mein Herz schlug mir bis zum Hals, und ich hatte tatsächlich Angst. Ich trat einen Schritt zurück und sah mich nach der Tür um, aber der junge Mann hatte sie hinter mir geschlossen und war dann gegangen.

Steven legte den Helm und was dazugehörte auf eine Ablage, die auf einer Seite des Stuhles angebracht war.

„Agneta, komm her, laß dich begrüßen."

Mein Herz klopfte noch immer. Ich trat einen winzigen Schritt vor. „Geht es dir gut, Steven?", fragte ich leise.

Er lachte wieder. „Aber ja, mir geht es bestens."

„Was ist das für eine Krankheit, gegen die du hier behandelt wirst? Und was sind das für Apparate? Wir haben uns große Sorgen um dich gemacht, Ramina und ich."

„Agneta, ich bin nicht krank."

„Aber du bist doch sicher nicht ohne Grund hier."

Er lachte wieder. Er lachte überhaupt sehr viel, dachte ich. War das eines der Symptome dieser Krankheit?

„Komm her, ich werde es dir erklären."

Während ich wieder ein paar Schritte auf ihn zuging, sah ich, wie er auch seine Beine und Füße aus irgendwelchen Vorrichtungen am Stuhl herausschälte. Dann stand er auf, reckte und streckte sich und gähnte. Er zog einen Stuhl unter einem kleinen Schreibtisch hervor, der vor dem Fenster stand, - einen ganz normalen Bürostuhl, - rollte ihn zu mir herüber und meinte: „Setz dich doch."

Ich setzte mich, ließ ihn aber nicht aus den Augen.

„Agneta, dies ist kein Heim für Kranke, das wird nur nach außen hin so dargestellt. Alle Bewohner hier sind gesund und munter, ihnen fehlt nichts. Und auch mir fehlt nichts."

„Aber warum…?"

Er seufzte. „Es würde nichts nützen, wenn ich es dir nur in Worten erklärte. - Agneta, vertraust du mir?"

Ich hob die Schultern. „Bis jetzt habe ich dir immer vertraut, aber ich weiß nicht, was ich jetzt von dir halten soll."

„Bist du mutig genug, um dich auf ein kleines Experiment einzulassen?"

„Was für ein Experiment?"

„Ich würde dir gern meine Partnerin Mewa vorstellen."

„Ist sie auch hier in diesem Heim?"

Er lachte, schon wieder. „Ja und nein", meinte er. „Aber ich kann sie dir zeigen. Dies hier…", er wies auf den Helm, der auf der Ablage des Stuhles lag, „dies hier ist im weitesten Sinne so etwas wie ein Projektor. Darin gibt es Bilder von Mewa. Ich würde sie dir gern zeigen."

Ich schluckte. „Muß ich dafür diesen Helm aufsetzen?" Ich hatte schon von Cyberbrillen gehört, die auf IT-Ausstellungen und -Messen vorgeführt wurden. Vielleicht war dieser Helm mit integrierter Brille so etwas Ähnliches?

Er nickte. „Ja. Nur diesen Helm. All das andere, mit dem ich vorhin verbunden war, ist nicht notwendig. Nur diesen Helm, Agneta."

Ich überlegte. Ihm war es, trotz dieses Helms, gut gegangen, ihm war nichts passiert. Ich konnte mir nicht vorstellen, dass er mir etwas Böses wollte. Hatte er nicht gesagt, er hätte sich darüber gefreut, dass ich gekommen war?

„Und dann? Was machst du, wenn ich diesen Helm aufsetze?"

„Nichts. Dann siehst du Mewa. Und du wirst verstehen, warum ich mich in sie verliebt habe, sie ist eine wunderschöne Frau."

Ich schaute mich im Zimmer um. „Ist dieser Raum extra dafür da, dass du dir ihre Fotos ansehen kannst? Ehrlich gesagt, ich hätte lieber das Zimmer gesehen, in dem du normalerweise wohnst und lebst. Warum hast du mich ausgerechnet hier treffen wollen?"

„Setz den Helm auf, Agneta, bitte! Dann wirst du mich verstehen."

Und als ich noch immer zögerte, schaute er mich bittend an. „Tu's mir zuliebe. Ich schwöre dir bei Gott, dass dir nichts passiert, wenn du diesen Helm aufsetzt."

„Du schwörst bei Gott?", fragte ich zweifelnd.

„Ja, ich schwöre bei Gott. - Bitte, Agneta! Vertrau mir."

Also gut, dachte ich, was sollte mir schon passieren? Er war gesund, zumindest sah er fit und gesund aus, also hatte der Helm ihm nicht geschadet.

„Setz dich auf den Stuhl"

„Auf welchen? Auf den mit den vielen Geräten? - Nein, Steven, ich trau mich nicht."

„Komm schon!"

Er half mir vom Bürostuhl auf den komplizierten Stuhl, auf dem er gesessen hatte, als ich hereingekommen war. Dann stülpte er mir vorsichtig den Helm über den Kopf.

Zunächst sah ich gar nichts, alles war schwarz.

Aber urplötzlich stand ich in strahlendem Sonnenschein inmitten eines Gartens voller Blumen. Und bevor ich verstand, was passiert war, kam eine junge Frau auf mich zu.

„Hallo", sagte sie und lachte mich freundlich an, „du mußt Agneta sein. Steven hat mir schon viel von dir erzählt. Von dir und eurer Schwester Ramina. Ich freu mich, dass du mich heute besuchen kommst."

Ich starrte sie an, sie kam mir bekannt vor. Und dann fiel mir ein, dass ich sie vor kurzem in einem Fernsehfilm gesehen hatte. Richtig, es war Linda McGregor, die bekannte amerikanische Schauspielerin. Die ganze Welt kannte sie, und ich wußte, dass sie mindestens zwei oder drei Oscars für ihre Rollen bekommen hatte.

„Linda?" fragte ich ungläubig. Aber sie schüttelte den Kopf und lachte. „Nein, nein, ich bin Mewa, Stevens Freundin. Ich sehe Linda nur sehr ähnlich. - Komm, ich zeig dir den Rest unseres Gartens. Er bedeutet uns sehr viel."

Sie nahm meinen Arm und führte mich auf einem schmalen Weg bis zu einem kleinen Teich, der von Schilf und Lampenputzern umgeben war, und auf dem Seerosen schwammen. „Sieh mal", sagte Mewa und zeigte auf ein großes Blatt auf dem Wasser, auf dem sich ein kleiner Frosch sonnte. „Das ist Maxi, unsere kleine Kröte. Wir haben noch mehr, die anderen scheinen sich versteckt zu haben."

Nachdem ich gebührend den kleinen Frosch bewundert hatte, gingen wir zurück zum Haus. Es war ein prachtvolles Haus aus weißen Klinkersteinen, mit einem großen Balkon im oberen Stockwerk, auf dem zwei Sonnenschirme aufgespannt waren.

„Darf ich dir etwas zu trinken anbieten?" fragte mich Mewa, und erneut stellte ich fest, dass sich ihr Arm völlig normal anfühlte. Sie war kein Bild, kein Hologramm, durch das ich hindurchgreifen konnte, sie war wirklich und wahrhaftig da. Genauso wie der Boden unter meinen Füßen, die Zweige des Hibiskus, die mich streiften, die Sonnenstrahlen, die meine Nase kitzelten und mich zum Niesen zwangen...

Ich wußte nicht, was ich dazu sagen sollte, - aber ganz plötzlich war wieder alles dunkel und die sommerliche Szenerie war verschwunden.

Vorsichtig nahm mir Steven den Helm ab. Ich war noch ganz benommen. „Steven, was ... war das?"

Er zog sich den Bürostuhl herüber, setzte sich und sah mich an. „Das war das, was andere meine Krankheit nennen, Agneta", sagte er dann ganz ernst.

„Ich verstehe nicht."

„In Wahrheit ist *das* mein jetziges Leben."

„Ich habe Linda McGregor gesehen."

Er schüttelte den Kopf. „Das war Mewa, meine Lebensgefährtin. Ich liebe sie sehr, und wir führen ein wunderschönes Leben zusammen. Du warst in unserem Garten. Hat er dir gefallen? Mewa hat ein Händchen für alles, was grünt und blüht. Und sie liebt Tiere über alles, und wenn es nur ein kleiner Frosch ist."

„Aber Steven, das *war* Linda McGregor..."

„Nein, Agneta, das war Mewa. Das nächste Mal werde ich dir das Innere unseres Hauses zeigen. Ich habe es ganz und gar ihr überlassen, es einzurichten, sie hat einen grandiosen Geschmack."

Oh mein Gott, dachte ich, er hat den Verstand verloren. Er lebte in einer Fantasiewelt, die es gar nicht gab. Und doch… war ich nicht eben selbst in dieser Fantasiewelt gelandet, nachdem er mir den Helm auf den Kopf gesetzt hatte? - Was ging da vor sich?

Ich versuchte, von dem seltsamen Stuhl aufzustehen, aber er hielt mich zurück.

„Ich weiß, was du denkst. Du glaubst, ich sei nicht mehr ganz bei Verstand. Aber so ist das nicht. Mein Geist ist vollkommen in Ordnung. Ich nutze nur die technischen Möglichkeiten, die uns heute zur Verfügung stehen, um mir eine Welt ganz nach meinen Vorstellungen und meinem Geschmack zu erschaffen."

„Aber wie ist das möglich."

„Das Wie ist mir egal, ich weiß nur, *dass* es möglich ist. Und warum sollte ich mir neben der realen Welt, die uns nur Krieg und Unbill bringt, in der sich die Menschen streiten, bekämpfen und verletzen, oder in der sie dem Glück hinterherhetzen, ohne es jemals zu erreichen… Warum sollte ich mir da nicht meine eigene Welt schaffen, wenn ich die Chance dafür bekomme?"

„Aber Linda McGregor…"

„Es ist nicht Linda McGregor. Schön, sie ist nach ihrem Vorbild geschaffen worden, weil ich schon während meiner Studentenzeit für Linda geschwärmt habe. Es hätte aber auch jede andere sein können."

Ich schaute ihn mißtrauisch an. „Und wer ist es, der dir die Möglichkeit für solche Spielchen gibt?"

„Das sind keine Spielchen, Agneta", sagte er, und er war wieder sehr ernst dabei. „Das ist das Leben, das ich jetzt führe. Zusammen mit Mewa, jetzt schon seit fast zwei Jahren."

„Aber wer ist es, der dir so etwas ermöglicht?" fragte ich noch einmal. „Wer hat diese Traumwelt entwickelt und erschaffen?"

„Da gibt es irgendwo eine Werkstatt, ein Labor, eine Forschungsstätte, - wie immer du es nennen willst. Dort werden diese Geräte hergestellt, verbessert, vervollkommnet und weiter erforscht."

„Hier in unserer Stadt?"

Er nickte. „Ja, hier in unserer Stadt."

„Ich habe noch nie davon gehört."

Er lachte auf. „Natürlich nicht, das ist streng geheim. Was glaubst du, warum dieses Haus hier als Pflegeheim getarnt ist?"

„Heißt das, alle anderen Bewohner hier leben anhand dieser Geräte genauso wie du in einer anderen, in ihrer eigenen Welt?"

Er nickte. „Ja, das heißt es."

„Aber irgendwann wird es herauskommen, irgendwann wird die Sache aufgedeckt..."

„Und dann? Was soll uns schon passieren? Wir tun nichts Unrechtes, begehen keine Straftaten. Wir wollen doch nichts als unsere Ruhe. Und das lassen wir uns etwas kosten. Die Unterkunft hier ist nicht billig, aber wir alle wissen, dass mit diesen Geldern die Forschung weitergeht, und dass auch wir wieder davon profitieren werden."

Ich sah ihn nachdenklich an. „Und warum hast du es *mir* verraten? Warum hast du *mir* erlaubt, dich hier oben zu besuchen? Wir hätten uns auch unten im Aufenthaltsraum treffen können."

„Ja, du hast recht. Aber erstens halte ich dich für eine moderne und aufgeschlossene Frau, die nicht gleich alles verteufelt, die nicht gleich alles ablehnt, was sie nicht auf Anhieb versteht. Und zweitens... Angenommen, du würdest es Ramina oder sonst jemandem erzählen, meinst du, man würde dir glauben? Jeder hat schon von IT-Messen gehört, von Cyberbrillen und Virtual Reality. Das waren die Anfänge. Wem auch immer du davon berichtest, keiner von denen kann sich vorstellen, wie weit die Entwicklung inzwischen vorangegangen ist. Erzähl' jemandem, dass du in meinem virtuellen Garten gewesen bist, man wird dir antworten: ,Oh ja, das hat es auf verschiedenen IT-Messen auch schon Ende des letzten Jahrhunderts gegeben.'"

Ich nickte, er hatte recht. Es ergäbe keinen Sinn, jemandem davon zu erzählen.

„Was ist mit Ramina? Auch sie macht sich Sorgen um dich."

„Ich glaube, sie würde es nicht verstehen, sie ist anders, als du. Sag ihr am besten gar nichts davon."

„Aber sie weiß, dass ich vorhatte, dich zu besuchen."

„Dann sag ihr, dass es mir gut geht, dass ich gut versorgt werde, und dass es mir an nichts fehlt."

„Wo du von Versorgung sprichst: Wie ist das mit dem Essen? Und was ist mit ärztlicher Betreuung? - Mit *echter* ärztlicher Betreuung, meine ich."

„Das Essen kommt aus einer Großküche in der Umgebung. Normalerweise wird unten im Aufenthaltsraum gegessen, aber ich nehme an einem Sonderprojekt teil, das inzwischen soweit gediehen ist, dass man auch während des Aufenthalts in der…, ich nenne es mal ‚Cyberwelt‘ essen kann. Doch das klappt noch nicht immer einwandfrei.“

„Das heißt also, du kannst…“

„Ja, ich kann mit Mewa zusammen in unserem Haus zu Mittag essen. Oder im Garten Kaffee trinken. Das Essen wird mir dann hier oben in mein Zimmer geliefert und so in die Geräte eingebracht, dass ich das Essen zu mir nehmen kann, ohne in die Realität zurückkehren zu müssen. Aber wie gesagt, daran wird noch gearbeitet.“

„Mir geht noch etwas anderes durch den Kopf“, sagte ich nachdenklich. „Du kannst doch nicht tagtäglich starr in deinem Wunderstuhl sitzen ohne dich zu bewegen, ohne frische Luft. Du warst immer ein recht sportlicher Typ. Mit der Zeit werden deine Muskeln verkümmern, und du wirst wirklich krank werden.“

Steven lachte. „Keine Angst, Schwesterherz, für alles ist gesorgt. Ich bekomme stets genügend frische Luft, und dieser Stuhl kann so umfunktioniert werden, dass ich in der anderen Welt das Gefühl habe, aktiv in einem Fitness-Studio etwas für mich zu tun. - Du siehst, ich bin rundum gut versorgt und sehr glücklich mit meiner Mewa. Ich brauche die reale Welt nicht mehr.“

III.

‚Ich brauche die reale Welt nicht mehr‘, hatte Steven gesagt. Dieser Satz hatte mich nachdenklich gestimmt, - er hatte mich aber auch traurig gemacht. Warum war die reale Welt so geworden, dass manche Menschen nicht mehr darin leben wollten?

Ich dachte über mich und mein Leben nach, und ich kam zu dem Schluss, dass mir mein Job zwar immer noch gefiel, dass mein Herz immer noch den *Jocelyn*-Moden gehörte und es mir auch immer noch Spaß machte, sie überall auf Erden vertreten zu dürfen, und doch... War es manchmal nicht wirklich ein bisschen zuviel Stress? Zuviel Hektik? Hatte ich nicht bemerkt, wie gut es mir tat, mich hin und wieder einen Abend lang allein in meinem Zuhause zu verkriechen? Vor allem, wenn ich die DVD, die mir so viel bedeutete, in den Player einlegte, wenn ich Jannis zusah, wie er versuchte, die Hotelierstochter zu verzaubern, und wie er mich letztendlich dabei genauso verzauberte? Was würde ich tun, wenn ich diese Hotelierstochter wäre? Würde ich ihn so zum Narren halten, wie sie es manchmal tat? Würde ich ihn abweisen, nur um ihm zu zeigen, dass es noch andere und interessantere Männer gab als ihn? Oh nein, ich würde mich ganz gewiss nicht immer wieder bitten lassen, ich würde mit ihm gehen, wohin er wollte.

Ich seufzte, denn das stand ja eigentlich gar nicht zur Debatte. Jannis Brega gab es nicht mehr. Jedenfalls nicht den Jannis, dem ich so gerne zusah und der mein Herz höherschlagen ließ. Sollte ich weiterhin nachforschen, um herauszufinden, was aus ihm geworden war? Doch warum? Wer weiß, wie er heutzutage aussah, etwa zwanzig Jahre, nachdem er diesen Film gedreht hatte. Wenn es ihn noch gab, dann war er inzwischen ein alter Mann. - Gut, auch mit Anfang fünfzig konnte ein Mann immer noch attraktiv sein, aber niemand konnte den Zahn der Zeit wirklich aufhalten, wenn er einmal zu nagen begann…. Oder etwa doch? Ich mußte an Linda McGregor denken. In Stevens Garten hatte sie jung und wunder-schön ausgesehen. Unverkennbar Linda McGregor, und doch… Auch Linda mußte inzwischen älter geworden sein. Als Mewa aber blieb sie ewig so, wie Steven sie haben wollte.

Ich hatte plötzlich eine Idee. Eine ganz wahnwitzige Idee, und ich war ganz aufgeregt. Ich mußte unbedingt noch einmal mit Steven reden. Es gab noch so viele Fragen, auf die nur er mir eine Antwort geben konnte.

Ich hoffte, dass man mich diesmal schneller zu ihm vorließ, jetzt, wo man wußte, dass er nichts dagegen hatte, wenn ich ihn besuchte. Die Dame am Telefon war daher auch um einige Nuancen freundlicher, als beim ersten Anruf.

„Ach, guten Tag Frau Vanderbild. Ja, natürlich ist es möglich, dass Sie ihren Bruder erneut besuchen, aber einen Tag müssen Sie uns schon zugestehen. Wenn er nichts dagegen hat, könnten Sie ihn morgen Nachmittag treffen.“

Gut, das war eine Wartezeit, die im Rahmen war. Ich wußte ja nun, wie und wo sich mein Bruder die Zeit vertrieb. Wenn er mit Mewa im Garten saß und Kaffee trank, würde er sich wahrscheinlich nicht gern von mir stören lassen wollen. Es sei denn, dass er auch mir einen Kaffee und ein Stück Torte anbieten wollte, - bestimmt war Mewa auch eine besonders gute Bäckerin, die den wundervollsten Kuchen der Welt zu backen verstand. Ich mußte lächeln.

„Morgen Nachmittag, das ist in Ordnung. Sagen wir so gegen drei?"

„Gut, wir werden das Herrn Vanderbild mitteilen, damit er sich das in seinem Terminkalender vermerken kann."

Ich fragte mich, ob die Dame an der Rezeption überhaupt wußte, was im *Haus Friedenspfad* vor sich ging? Ging sie davon aus, dass es sich bei den Bewohnern tatsächlich um kranke Menschen handelte, oder spielte sie das Spiel einfach nur mit?

Am nächsten Tag war ich pünktlich, und ohne große Verzögerungen wurde ich bei Steven angemeldet.

Er hatte den Helm bereits abgenommen, als ich eintrat, und er lachte mir entgegen.

„Ich wußte, dass du wiederkommen würdest", sagte er. „Ich habe mir gedacht, dass dir das, was du bei mir erfahren und erlebt hast, keine Ruhe lassen würde. Also setz dich und stell mir deine Fragen. Ich sehe dir doch an der Nasenspitze an, dass es noch vieles gibt, was du wissen möchtest."

Ich setzte mich, wußte aber nicht, wie ich beginnen sollte.

„Steven…"

Er lachte. „Vielleicht möchtest du zuerst Mewa begrüßen? Ich würde dir auch gern unser Haus zeigen."

„Später vielleicht. Jetzt sag mir zuerst einmal: Wie hat das bei dir damals angefangen?"

Er atmete tief aus. „Ich hatte von einem meiner Freunde davon gehört. Damals steckte das alles noch in den Kinderschuhen, dennoch war ich fasziniert von dem, was er sich in seiner Welt geschaffen hatte und vor allem, dass es fortan weder Stress noch Hektik für ihn gab, sondern einfach nur ein schönes ruhiges und harmonisches Leben. Das ging mir nicht mehr aus dem Kopf, das wollte ich auch. Ich wußte, dass man dafür eine Menge Geld brauchte, aber meine Finanzen waren in Ordnung. Ich hatte mein Geld zu der Zeit schon so gut angelegt, dass es soviel abwarf, dass ich es mir leisten konnte, mir zunächst eine ganz einfache kleine Welt aufzubauen. Damals schwärmte ich noch für Raffaela Bloomberg, die bekannte Tänzerin, - du kennst sie doch sicher?"

Ich nickte. „Ja, ich kenne sie. Aber ist sie nicht mindestens zehn Jahre älter als du?"

Er lachte wieder. „Was machte das schon. Ich besorgte mir Aufnahmen von ihr, die Jahre zurücklagen, und schließlich bekam ich genau die Raffaela, die ich mir gewünscht hatte."

„Das geht?"

„Ja, das geht. Im Grunde geht alles, und in der Zwischenzeit ist noch sehr viel mehr möglich, als damals."

„Sie war also die Vorgängerin von Mewa?"

„Nein, nicht ihre direkte Vorgängerin, dazwischen gab es noch eine andere. Ich hatte sie in einem Modemagazin gefunden, aber da es von ihr nur einige wenige

Aufnahmen von einer Modenschau gab, hatte DAS TEAM nicht genügend ‚bewegtes‘ Material von ihr. Du weißt selbst, wie es aussieht, wenn Models über den Laufsteg schreiten, irgendwie steif und unnatürlich. - So hat sie sich dann auch in meiner Welt gegeben: Steif und unnatürlich. Beim nächsten Mal habe ich mich vorher gründlicher informiert, habe Linda MacGregor genau studiert und dann als meine Partnerin Mewa auserkoren. Sie ist die ideale Frau für mich, ich liebe sie über alles.“

„Man braucht also bewegtes Material, wie du es nennst. Filme oder Videos…“

„Ja. Warum fragst du? - Hast du etwa auch vor…?“

Ich winkte ab. „Nein, nein, es interessiert mich nur einfach, wie das alles funktioniert.“

„Du müßtest es ja nicht genauso machen wie ich, dass du gleich voll einsteigst in dieses Leben und dass du auch gleich an irgendwelchen Sonder-Projekten teilnimmst. Es gibt viele im Haus, die sich nur stundenweise hier aufhalten. Manche sind noch zu fünfzig Prozent in der realen Welt zu Hause, manche mehr, manche weniger. Es kommt darauf an, wie wohl man sich noch im realen Leben fühlt und ob man sich nur eine kleine Erholungszeit wünscht. Und vom Geldbeutel ist es natürlich auch abhängig, wieviel man sich leisten kann.“

„Was heißt das?“

„Bei mir zum Beispiel geht wahrscheinlich mein gesamtes Vermögen drauf, in den Jahren, die ich noch zu leben habe.“

„Und wenn es nicht reicht?“

Er lachte wieder. „Es wird reichen! Und wenn ich merken sollte, dass es knapp wird, - gut, dann könnte ich immer noch meinen Lebensstandard einschränken und diverse Projekte streichen. Darüber mach ich mir heute noch keine Gedanken. Man wird mich rechtzeitig informieren, wenn es Zeit wird, etwas zu ändern.“

Ich war nachdenklich geworden. An Geld fehlte es mir nicht, aber ich würde auch nie zu hundert Prozent in einer künstlichen Welt wohnen und leben wollen. Dazu liebte ich meinen Job viel zu sehr und die Reisen, die damit verbunden waren. Ich liebte den Umgang mit Menschen, die Auseinandersetzung mit ihnen. Und doch…, hin und wieder einen Abstecher in eine Fantasiewelt, um abzuschalten und neue Kraft und Energie zu schöpfen, das konnte ich mir gut vorstellen.

Steven beobachtete mich. „Du denkst darüber nach, stimmt's?“, fragte er. Ich nickte, aber ich verriet ihm nicht, dass ich dabei an die DVD dachte, die ich mir in letzter Zeit so oft angesehen hatte.

„Hattest du eigentlich einen Partner in letzter Zeit? Einen Freund?“ fragte er mich unvermittelt und sah mich prüfend an.

„Warum fragst du?“

„Es könnte ja immerhin sein, dass du eine Partnerschaft beenden möchtest und bereit wärst, etwas ganz Neues anzufangen. Dann könntest du zum Beispiel hier…“

Ich winkte ab. „Nein, nein, ich war noch nie der Typ, dem etwas an einer festen Beziehung lag, ich wollte schon immer meine Freiheiten. Ich hätte auch gar nicht die Zeit dafür gehabt, intensiv auf einen anderen Menschen einzugehen.“

„Für solche Fälle gibt's einen ganz besonderen Service vom TEAM. Diejenigen, die nur hin und wieder eine kleine

Abwechslung brauchen und die sich nicht selbst für ein bestimmtes Modell für sich entscheiden können… Für die gibt es eine Art Katalog mit prominenten Namen." Er zwinkerte mir zu. „Da suchst du dir einfach einen heraus, von dem du glaubst, dass er dir gefallen könnte."

Ich mußte lachen. „Sozusagen ‚premade', also vorgefertigt? Und sind die dann auch etwas preisgünstiger?", spottete ich.

Aber er blieb ernst. „Da hast du tatsächlich recht. Schön, Kleinigkeiten kannst du immer noch ändern lassen, aber im Großen und Ganzen sind sie ‚gebrauchsfertig'. Wenn du eine Sonderanfertigung möchtest, wird es natürlich ein bisschen teurer."

„Mein Gott, wir sprechen darüber wie über eine Ware."

„Das *ist* eine Ware, Agneta. Es sind ja nicht die Menschen selbst, um die es geht, es geht ja nur um ihr Abbild."

„Und wie sieht das rechtlich aus? Was würde Linda McGregor zum Beispiel sagen, wenn sie wüsste, welche Rolle sie bei dir spielt?"

Er lachte. „Erstens weiß sie nichts davon. Ich glaube nicht, dass sie eine Ahnung hat, dass es DAS TEAM überhaupt gibt und womit sie sich beschäftigen. Und zweitens, selbst wenn sie Mewa treffen würde, würde sie sich wohl kaum mehr wiedererkennen, der Altersunterschied ist inzwischen viel zu groß. Im Allgemeinen werden auch so viele Veränderungen vorgenommen, dass man getrost von ‚Zufällen' sprechen könnte, wenn jemand einer bestimmten Person ähnlichsehen sollte."

Ich nickte und dachte an Jannis, stellte mir vor, ihn in einem solchen Garten zu treffen, wie ihn Steven und

Mewa besaßen… Und schon fing mein Herz wieder an, heftig zu klopfen.

„Ich sehe, im Prinzip wärst du nicht abgeneigt, stimmt's?" Mein Bruder lächelte. „Ich kann dir ja mal die Adresse vom TEAM geben, dann kannst du dir's immer noch überlegen."

Ich tat, als hätte ich eigentlich kein echtes Interesse daran, nahm aber doch die Visitenkarte, die er aus der Schreibtischschublade nahm und mir in die Hand drückte.

Ich warf einen flüchtigen Blick darauf.

„Schreinerei Franz Holzschuh" las ich. Die Karte unterschied sich in nichts von denen anderer Handwerksbetriebe. Die Straße lag irgendwo am nördlichen Rand unserer Stadt, und die Telefonnummer war die eines ganz normalen Festnetzanschlusses.

„Bist du sicher, dass du mir die richtige Karte gegeben hast?", fragte ich erstaunt.

Er lächelte wieder. „Ganz sicher."

„Ich werde darüber nachdenken", sagte ich und schob die Karte ein.

„Im Übrigen, du kannst dich dort auch ganz unverbindlich beraten lassen, kannst Fragen stellen, nur…"

„Ja?"

„Eines mußt du beachten: Sprich mit ihnen stets so, als ob du tatsächlich die Dienste einer Schreinerei in Anspruch nehmen wolltest. Sie werden dir Fragen stellen, - genauso verschlüsselt, - die du dann auf die gleiche Weise beantworten solltest. Der Name Vanderbild wird ihnen ein Begriff sein, ich werde sie darüber informieren, dass du interessiert bist."

Ich hob die Hand. „Nein, Steven, so ernst war das eigentlich gar nicht gemeint, es hat mich nur interessiert, wie das alles abläuft…"

„In Ordnung, aber rede trotzdem mal mit ihnen. Sie werden dir nicht böse sein, wenn du dich letztendlich dagegen entscheidest. Sie haben auch ohne einen Auftrag von dir genug zu tun!" Er nahm meinen Arm. „Und jetzt… Komm setzt dich. Du wirst doch nicht gehen wollen, ohne Mewa Hallo zu sagen."

„Und du? Kommst du nicht mit?"

Er lachte. „Oh doch. Es gibt eine Möglichkeit, dass ich dir, zusammen mit Mewa, unser Haus zeigen kann."

Ich hatte keine Angst mehr, als er nach dem Helm griff, um ihn mir über den Kopf zu stülpen. Im Gegenteil, ich war neugierig auf Stevens Zuhause, - und schon im nächsten Augenblick standen wir in einem Vorgarten und liefen auf das wunderschöne Haus aus weißen Klinkersteinen zu. Die Haustüre öffnete sich und Mewa kam herausgestürmt, lief auf Steven zu und umarmte und küsste ihn liebevoll. Dann begrüßte sie auch mich herzlich. „Wie schön, dass du mitgekommen bist", sagte sie, „Steven hat mir schon erzählt, dass du dir unser Haus ansehen willst. Vielleicht wirst du dir ja eines Tages selbst eines anschaffen?" Sie hakte sich bei mir ein. „Komm mit, gehen wir zuerst die Treppe rauf und fangen mit den oberen Räumen an?"

An diesem Abend schaute ich mir noch einmal meine DVD an, und diesmal sah ich sie mit ganz anderen Augen. Ich versuchte, mich in die Szenen hineinzuversetzen, versuchte, herauszufinden, wie ich mich fühlen würde, anstelle dieser blonden Schauspielerin mit Jannis durch den Park zu spazieren, ihm in der Hotelhalle zu begegnen, oder später in seinem Zimmer… Und schließlich stand für mich fest, ich würde die Schreinerei Holzschuh, bei der es sich in Wirklichkeit um DAS TEAM handelte, aufsuchen und mich zumindest einmal danach erkundigen, welche Möglichkeiten es gab, wenn ich mich, - wenn auch vielleicht erst nur stundenweise - so doch genauso glücklich fühlen wollte, wie mein Bruder mit seiner Mewa.

Die Schreinerei lag am Ende der Straße, man fuhr geradeaus in den Hof hinein, ohne abbiegen zu müssen. Ich parkte den Wagen neben anderen, die schon dastanden. Aus der großen Halle vor mir kam Maschinengeräusch, Gehämmer und das Heulen einer Kreissäge. Langsam ging ich auf das Gebäude zu.

Ein junger Mann kam mir entgegen, seine große blaue Schürze war voller Sägespäne. „Kann ich Ihnen helfen?" fragte er.

Im ersten Moment wußte ich nicht, was ich sagen sollte. „Mein Name ist Vanderbild", sagte ich dann, „ich hätte gern Ihren Chef gesprochen."

Der junge Mann nickte. „Ich werde Herrn Holzschuh bescheid sagen."

Ich mußte lächeln, weil der Name des Meisters so treffend zu dem Material passte, das er verarbeitete.

Inzwischen hatten wir die Halle betreten, und ich blieb wartend am Eingang stehen. Da waren drei weitere Schreiner, die ihrer Arbeit nachgingen, die an ihren Maschinen arbeiteten und mit Brettern, Blöcken und

Leisten hantierten. Ich sah ihnen eine Weile zu und fragte mich, ob sie wussten, dass es hier irgendwo hinter den Kulissen auch noch um etwas anderes ging, als um Holz.

Der junge Mann kam zurück. „Herr Holzschuh erwartet Sie. Folgen Sie mir bitte?"

Er führte mich in ein kleines Werkstattbüro in der Ecke der Halle. In einem der beiden Regale, die den kleinen Raum abgrenzten, standen Reihen mit Ordnern, in einem anderen Dosen und Kanister mit Mitteln, die zur Bearbeitung von Holz notwendig waren. Auf seinem Schreibtisch, zwischen Papieren und Plänen lagen Musterstücke, Profile und bearbeitete Leisten. Es roch nach Holz, aber auch nach Farbe, Beize und anderen Chemikalien.

Ich hatte mir den Chef dieses Betriebs ganz anders vorgestellt. Er war älter, als ich gedacht hatte, sein Gesicht war von tiefen Furchen durchzogen, und es schien, als hätte sich nach Jahren schwerer Arbeit auch ein kleiner Buckel auf seinem Rücken gebildet.

„Mein Name ist Vanderbild", stellte ich mich vor, aber er hob die Hand und ein Lächeln huschte über sein Gesicht. „Ich weiß, wer Sie sind, Ihr Bruder hat bereits angekündigt, dass Sie uns eventuell aufsuchen würden."

Er musterte mich interessiert, dann meinte er: „Ich werde Sie an unseren Spezialisten, Herrn Schneider, weiterleiten. Mit solchen Schränken, wie Sie sie bevorzugen kennt er sich ganz besonders gut aus."

Ich schluckte, und da ich nicht genau wußte, was er meinte, nickte ich einfach.

Herr Schneider war um einiges jünger, als Herr Holzschuh. Er trug einen sauberen grauen Kittel, eine

Nickelbrille und mit Gel zurückgekämmtes Haar. Ihn konnte ich mir schon eher als den Angehörigen eines Forschungsteams vorstellen.

Auch er lächelte, deutete eine leichte Verbeugung an und sagte: „Kommen Sie."

Wenn ich gedacht hatte, er würde mich nun in eine Art Forschungslabor, in einen Zeichensaal, wie man ihn von Architekturbüros her kannte oder gar in eine Werkstatt für elektronische Geräte führen, dann hatte ich mich geirrt. Dagegen fand ich mich plötzlich in einer Art Möbellager wieder. Überall standen Schränke in den verschiedensten Größen und Ausführungen: Alte verschnörkelte Schränke, große Exemplare, die bis fast an die Decke reichten, daneben kleine zierliche, auf Hochglanz polierte, aber auch moderne Wohnwände aus hellem Holz…

Mitten im Raum blieben wir stehen. „Ich bin sicher, dass auch für Sie etwas Passendes dabei sein wird", meinte Herr Schneider und beobachtete mich.

Zuerst wußte ich nicht, was ich sagen sollte. „Ich wollte eigentlich heute noch gar nichts bestimmtes kaufen, ich wollte mich nur ein bisschen umsehen", sagte ich dann.

Herr Schneider nickte. „Ja, das verstehe ich, so eine Investition will überlegt sein. Deshalb sehen Sie sich nur alles ganz genau und in aller Ruhe an. Dieser hier…", er lief auf einen wunderschön bemalten Bauernschrank zu, „ist etwas ganz Besonderes. Achten Sie vor allem auf die Innenverarbeitung."

Er öffnete beide Türen des Schrankes, und ich warf einen Blick hinein. Doch ich konnte nichts Ungewöhnliches oder Auffälliges entdecken.

„Vielleicht richten Sie Ihr Augenmerkt zunächst einmal auf die Hinweise zu diesem Modell, die Sie der beiliegenden Aufstellung entnehmen können."

Erst jetzt fiel mir eine Klarsichthülle im untersten Fach auf, in der eine bedruckte Papierseite steckte. Er nickte mir aufmunternd zu. „Es handelt sich hier um ein besonders altes Exemplar, aber es gibt viele Kunden, die gerade auf das Alter großen Wert legen."

Zaghaft griff ich nach der Klarsichthülle, und ich sah, dass, alphabetisch geordnet, einige Namen ehemals bekannter und beliebter Filmstars darauf standen. Brad Pit war dabei, Mel Gibson, aber auch noch ältere wie Marlon Brando oder sogar James Dean.

Ich muß ihn ziemlich entsetzt angesehen haben, denn er nahm mir das Blatt aus der Hand, legte es auf seinen Platz zurück und schloss die Schranktür wieder.

„Mit diesem Schrank scheine ich nicht ganz ihren Geschmack getroffen zu haben," meinte er. „Zugegeben, er passt nicht zu jedem, aber irgendwie muß ich ja erst einmal herausfinden, welche Epoche und welcher Stil Ihnen gefallen würde."

Er führte mich zu einem hübschen verspielten Biedermeier-Schränkchen. „Dies hier ist etwas für Musikliebhaber", meinte er und strich liebevoll über die in die Tür eingelegten Intarsien. „Man hört förmlich die Klänge von Violine, Cello und Flöte, wenn man es anschaut."

Ich traute mich nicht, nach der Liste zu greifen, aus Angst es könnten Komponisten wie Mozart, Lortzing oder andere ihrer Zeitgenossen darauf stehen.

Ein wenig hilflos drehte ich mich um mich selbst und ging dann auf die Schrankwand zu.

„Das ist etwas ganz Modernes, ich habe mir fast gedacht, dass Ihnen das am besten gefallen würde."

Er nahm die Liste heraus und drückte sie mir in die Hand. Ob ich wollte oder nicht, ich schaute sie mir an und sah Namen darauf wie Joshua Winger, Jeff Cartney und andere, deren Filme und Fernsehspiele man sich zurzeit gern anschaute.

Ich sah mich nach Herrn Schneider um. „Eine Frage…"
„Ja, bitte?"

„Ist es möglich, dass Sie auch etwas ganz speziell für mich anfertigen? Nach meinen Plänen?"

Er lächelte wieder. „Aber selbstverständlich. Bringen Sie uns ihre Aufzeichnungen und Entwürfe, und teilen Sie uns ihre Sonderwünsche mit." Er räusperte sich. „Allerdings werden wir dann aber auch im Preis ein wenig höher gehen müssen."

„Ja, das ist mir klar", antwortete ich. Ich schickte mich an, das Möbellager wieder zu verlassen. „Und wie lange würde es dauern, bis Sie ein fertiges Stück liefern könnten, nachdem ich Ihnen die Pläne gebracht habe?"

Er wiegte den Kopf hin und her. „Das kommt darauf an, wie schwierig die Umsetzung Ihrer Skizze, beziehungsweise Ihres Plans ist. Im Normalfall rechnen wir mit etwa vier bis acht Wochen. Zwischendurch könnte es allerdings notwendig sein, dass wir Sie für eine Rücksprache brauchen, oder dass Sie das Werkstück kurz begutachten müssten."

„Das wäre in Ordnung", sagte ich, „dann komme ich demnächst mit dem Entwurf wieder."

„Gut, Frau Vanderbild", antwortete Herr Schneider lächelnd und streckte mir zum Abschied die Hand entgegen. Dann rief er einen der jungen Männer herüber.

„Sei so gut und begleite Frau Vanderbild zum Ausgang", sagte er zu ihm.

IV.

Ich war hin- und hergerissen und brauchte eine Weile, bis ich mir sicher war, ob ich es wirklich wollte oder nicht. Immer wieder schaute ich mir den Film *Gewitterregen* an, versuchte, Jannis mit meinen Gedanken aus dem Hotelgarten und aus den Armen des blonden Mädchens herauszulösen und in Stevens und Mewas Paradies zu versetzen. Mewa war so lebendig gewesen, so gegenwärtig. Wäre das mit Jannis genauso möglich? Wie würde ich mich dann fühlen? Und wie würde er sich mir gegenüber verhalten?

Ich hätte gern noch einmal mit Steven darüber gesprochen, hätte gern meine Unsicherheit von ihm zerstreuen lassen, doch würde er mir meine speziellen Fragen auch beantworten können? Steven war ein Mann, er hatte keine Hemmungen Frauen gegenüber, und Mewa war nicht die erste, die er sich in sein Paradies geholt hatte.

Eigentlich hatte ich, was Männer betraf, auch nie Hemmungen gehabt. Wenn mir einer gefallen hatte, dann war ich auf ihn zugegangen und hatte ihm gezeigt, dass ich ihn wollte. Aber mit Jannis war das etwas ganz anderes. Würde er mich mögen? Waren diese Traumpartner so programmiert, dass sie ihren Auftraggeber *auf jeden Fall* mochten?

Als ich das nächste Mal zur Firma Holzschuh fuhr, hatte ich die DVD in der Tasche. Mit gespielter Selbstsicherheit lief ich auf den Eingang der Halle zu und fragte den nächstbesten Schreiner nach dem Chef.

Herr Holzschuh schien damit gerechnet zu haben, dass ich wiederkommen würde.

„Oh, Frau Vanderbild, wie schön, dass Sie sich entschieden haben, unsere Dienste in Anspruch zu nehmen," sagte er mit einem leisen Lächeln. „Gehe ich recht in der Annahme, dass Sie ihrem Bruder noch einmal einen Besuch abgestattet haben?"

Ich lächelte zurück und schüttelte den Kopf. „Das war nicht nötig, ich habe meine Entscheidung ohne ihn getroffen."

„Das ist schön. Haben Sie Ihre Pläne und Unterlagen mitgebracht?"

„Ja", antwortete ich und war versucht, die DVD aus meiner Tasche zu nehmen, doch dann erinnerte ich mich, dass Herr Schneider für die Anfertigung der *Schränke* zuständig war.

Herr Holzschuh hatte sein Handy gezückt. „Hallo Erich, die Frau Vanderbild ist da", teilte er jemandem mit, und schon wenige Minuten später kam mir Herr Schneider, der sogenannte *Spezialist* entgegen.

Diesmal wurde ich nicht in das Möbellager geführt, sondern in ein kleines, aber sehr modernes Büro, in dem es tatsächlich alle möglichen Geräte aus dem Bereich der Unterhaltungselektronik gab. Darüber hinaus allerdings auch noch einige Geräte mehr, von denen ich nicht hätte sagen können, was sie zu bedeuten hatten oder wofür sie bestimmt waren.

Herr Schneider bot mir Platz an. Nun nahm ich die DVD aus der Tasche und reichte sie ihm. Sein Blick fiel auf das

Cover, und, obwohl er keine Miene verzog, war es mir ein wenig peinlich, und ich wünschte, ich hätte das Coverfoto vorher entfernt. Ich hoffte, er würde keine falschen Schlüsse ziehen und *Gewitterregen* für eine seichte Schnulze halten, in der Jannis einen liebestollen Schönling spielte.

„Normale Spielfilmlänge?", fragte er, „eineinhalb Stunden?"

Ich nickte.

„Gut," meinte er, „wir werden eine Probeanfertigung erstellen und Sie anrufen, wenn sie fertig ist. Man kann dann immer noch Änderungen vornehmen. Es sei denn, Sie sagen mir jetzt schon, worauf Sie besonders großen Wert legen."

„Das ist schwierig. Ich sehe mir die Probe am besten erst einmal an."

„In Ordnung. Allerdings müssten wir zunächst noch einige wichtige Details klären. Da wären als erstes die Örtlichkeiten: Ich sollte nun wissen, wo der Schrank stehen soll." Er saß vor dem PC vor einem geöffneten Formular, in das er eintragen wollte, was ich ihm zu sagen hatte.

„Beschreiben Sie mir einfach das Gebäude und das Umfeld, in den der Schrank integriert werden soll."

Es amüsierte mich, dass er wieder von einem Schrank sprach.

„Ich dachte an ein kleines Haus. Vielleicht an einem See, in dem man sowohl baden als auch mit dem Boot fahren kann."

Über die Kulisse hatte ich mir bereits vorher gründlich meine Gedanken gemacht und wußte inzwischen genau, was ich wollte.

„Mit einem Garten?"

„Einen ganz kleinen vielleicht, eher in Form von ein paar Blumenbeeten um eine Terrasse herum."

Herr Schneider tippte das in den PC ein. „Und die Inneneinrichtung?", fragte er weiter.

Ich hob die schultern. „Hell, modern und zweckmäßig."

„Soll es einen Arbeitsbereich geben? Ein kleines Büro?"

„Nein, nein. Ich habe mehr an einen Ort der Entspannung und der Erholung mitten in der Natur gedacht."

„In Ordnung. Sind besondere zusätzliche Gebäudeteile erwünscht? Eine Garage zum Beispiel, ein Hobbyraum, Räume unter dem Dach...?"

Ich wußte nicht, was ich sagen sollte. „Vielleicht kann man darüber ein anderes Mal sprechen?"

„Selbstverständlich, Sie können das Programm später noch erweitern. Zu jeder Zeit."

„Dann wäre das erst einmal alles", sagte ich schnell, weil ich fürchtete, er könnte im Handumdrehen aus dem kleinen Häuschen am See eine Zwölfzimmer-Villa machen. Zuerst einmal wollte ich doch nur sehen, - und erleben, - ob und wie es funktionierte.

„Gut, Frau Vanderbild, in etwa vier Wochen werden wir uns telefonisch bei Ihnen melden. Dann wird Ihnen auch das nötige Equipment vorgestellt. Aber auch das kann selbstverständlich jederzeit erweitert werden."

Er streckte mir die Hand entgegen. „Sie werden mit unserer Arbeit zufrieden sein, Frau Vanderbild."

Nachdenklich schlug ich ein.

Hatte ich das Richtige getan? fragte ich mich. Bisher hatten wir noch nicht über den Preis gesprochen. Wahrscheinlich ging DAS TEAM davon aus, dass man es sich leisten konnte, wenn man die Verhandlungen mit ihnen aufnahm. Und auch ich war mir eigentlich sicher, dass ich es mir würde leisten können, obwohl noch keine Zahlen im Raum standen. Ich würde sehen!

Eine Woche später flog ich zu einer Modenschau nach London, und der Zufall wollte es, dass auch Ramina gerade dort zu tun hatte. Ihr Sender plante eine große Unterhaltungsshow mit namhaften Stars aus aller Welt. Wir trafen uns in ihrer Garderobe, sie hatte nur eine knappe Stunde Zeit. Sie ließ uns einen Kaffee bringen.

„Warst du mal wieder bei Steven?" fragte sie, während sie sich eine Zigarette anzündete.

„Ja, noch zweimal seit damals, als ich es dir angekündigt habe."

„Und? Ich hoffe, sein Zustand hat sich nicht verschlimmert."

Ich schüttelte den Kopf. „Nein, überhaupt nicht. Es geht ihm recht gut. Ich habe das Gefühl, dass er sehr gut versorgt wird und es ihm an nichts fehlt." Ich dachte an Mewa, und insgeheim mußte ich lächeln. Aber Steven und ich hatten vereinbart, Ramina nicht zu verraten, was es mit seiner sogenannten Krankheit und dem Pflegeheim auf sich hatte, deshalb schwieg ich. Er hatte recht, unsere Schwester hätte das niemals verstanden. Und am allerwenigstens wollte ich, dass sie herausfand, dass auch ich drauf und dran war, wenigstens ab und zu in das

Leben dieser Heimbewohner einzutauchen. Natürlich hatte ich nicht vor, mein ganzes Leben dafür aufzugeben, wie es Steven getan hatte, dazu liebte ich meine Arbeit viel zu sehr. Ich war mir auch nicht sicher, ob es mir wirklich nur darum ging, hin und wieder einen Gang herunterzuschalten und zu entspannen. Viel mehr glaubte ich, dass es auch Neugier war. Das, was ich vorhatte, war ein Vorstoß in eine ganz neue Facette des Erlebens, das würden noch nicht sehr viele vor mir erlebt haben.

Ramina ließ sich, in Bezug auf Steven, ziemlich schnell beruhigen. „Du wirst ihn ja sicher irgendwann wieder mal besuchen, oder?", meinte sie und erhob sich. „Dann sag ihm tausend Grüße von mir, und er soll die Ohren steifhalten. Wenn es ihm gut geht, wie du sagst, und wenn er gut versorgt wird, dann müssen wir uns ja keine großen Sorgen um ihn machen."

Ich stimmte ihr zu. „Nein, das müssen wir nicht."

Dann kam der Anruf vom TEAM, und man sagte mir, dass ich mir das individuell für mich angefertigte Schrankmodell am Wochenende ansehen könne, man hatte es in das Pflegeheim *Haus Friedenspfad* geschickt. Ich beschloss, gleich am Samstag hinzufahren.

Ich hatte Herzklopfen wie eine Sechzehnjährige vor ihrem ersten Roundez-vous, wobei ich nicht einmal sicher war, ob ich als Sechzehnjährige wirklich so aufgeregt gewesen wäre.

Die Dame an der Rezeption meinte: „Guten Tag, Frau Vanderbild, Sie möchten Ihren Bruder besuchen, nicht wahr?"

Doch bevor ich ihr antworten konnte, hatte sie einen Blick in ihren Kalender geworfen und meinte: „Oh, nein, Sie haben ja heute selbst einen persönlichen Termin bei Dr. Wilhelm. Einen kleinen Moment bitte, er wird gleich hier sein."

Dr. Wilhelm schickte diesmal keinen Helfer, um mich abzuholen, er selbst fuhr mit mir im Fahrstuhl in den vierten Stock hinauf. Das war eine Etage höher als die, in der Stevens Zimmer lag. Die Räume dort oben hatten schräge Wände und waren wesentlich kleiner. Es gab nur ein Gaubenfenster, doch der Stuhl war genauso zum Fenster hin ausgerichtet, sodass man auf seine Rückseite zulief, wenn man das Zimmer betrat. Mein Herz fing plötzlich an wie wild zu klopfen, und obwohl ich in etwa wußte, was auf mich zukommen würde, erfasste mich doch eine gewisse Beklommenheit.

Dr. Wilhelm schien zu ahnen, wie mir zumute war. Er legte lächelnd seine Hand auf meinen Arm und meinte: „Das ist nur beim ersten Mal so, sie werden sich daran gewöhnen. Sie haben doch auch schon ihrem Bruder einen kleinen Besuch in seinem neuen Zuhause abgestattet. Und das hat Ihnen doch auch gefallen, nicht wahr?"

Ich nickte und schluckte.

Der Doktor griff nach dem Helm auf der Ablage des Stuhles, - ich sah, dass er nicht mit ganz so vielem technischem Zubehör ausgestattet war, wie der von Steven. Mit Erleichterung stellte ich fest, dass er mitsamt der Brille fast mein ganzes Gesicht bedecken würde, und das beruhigte mich ein wenig. Es wäre mit peinlich gewesen, wenn mich Dr. Wilhelm während des

Probelaufs hätte beobachten und anhand meines Gesichtsausdrucks meine Reaktion auf Jannis hätte verfolgen können.

Doch meine Bedenken waren völlig unbegründet. Er drückte mir eine Art Fernbedienung in die Hand, auf der ein roter Knopf besonders hervorgehoben war.

„Nachdem ich Ihnen den Helm aufgesetzt und eingeschaltet habe, werde ich das Zimmer verlassen, damit sie sich ganz und gar auf die Probe konzentrieren können. Insgesamt dauert sie eine halbe Stunde, danach werde ich zurückkommen. Sollte Ihnen jedoch schon vorher irgendetwas unangenehm sein, scheuen Sie sich nicht, den roten Knopf zu drücken. Der Probelauf wird dann sofort unterbrochen, und wir können darüber reden, was Ihnen nicht gefallen hat.“

Ich nickte wieder.

Er stand vor mir, den Helm in der Hand, und schaute mich an. „Ist alles in Ordnung, Frau Vanderbild? Können wir?“

„Ja.“ Ich wünschte, er würde so schnell wie möglich gehen und mich alleinlassen, weil ich glaubte, die Neugier und die damit verbundene Aufregung in meinem Inneren kaum mehr länger ertragen zu können.

„Ja, es ist alles in Ordnung“, sagte ich so ruhig wie möglich.

Er stülpte mir den Helm über den Kopf, und im nächsten Augenblick war es dunkel um mich herum. Dann hörte ich ein Klicken und ein Surren, etwas wie ein Vorspann lief vor meinen Augen ab. Ich las meinen Namen, kurze Notizen zu meinem *Auftrag* und die Nummer *X-MH46.* Dann wieder Dunkelheit.

Als es wieder hell wurde, stand ich inmitten eines sonnendurchfluteten Raums. Im ersten Moment tat die Helligkeit weh in den Augen, und ich blinzelte, dann allmählich nahm ich meine Umgebung wahr. Ich befand mich in einem hübsch eingerichtetem Wohnzimmer: Eine leichte Couchgarnitur mit passenden Sesselchen und einem kleinen Tisch auf der linken Seite, und eine Schrankwand, gefüllt mit Büchern, Erinnerungsstücken und gerahmten Fotos auf der rechten Seite. Vor mir ein Fenster, das fast die ganze Front einnahm. Mein Blick fiel auf eine von Blumenbeeten eingefasste Terrasse. Ich sah Gartenmöbel mit gemusterten Polstern und dazu passendem Sonnenschirm, dahinter glitzerte die Oberfläche eines Sees im Sonnenlicht. Weiter hinten am Horizont zog sich eine Reihe sanfter Hügel entlang des Ufers.

Ich schluckte und versuchte, mein aufgeregt klopfendes Herz ein wenig zu beruhigen.

Als ich mich umwandte, bemerkte ich hinter mir eine Tür, die in einen kleinen Korridor führte. Sie war nur angelehnt. Von dort aus gelangte ich in eine Küche, die zwar klein, aber doch mit allem ausgestattet zu sein schien, was man brauchte, um eine kleine Mahlzeit anzurichten.

Ich atmete tief ein. Das war also mein Zuhause, wenn ich mich künftig aus dem realen Leben zurückziehen und entspannen wollte, dachte ich. Auf den ersten Blick gefiel es mir, doch später wollte ich noch einmal alles genauer betrachten, um herauszufinden, ob es etwas gab, was ich gern geändert hätte.

Eigentlich war ich davon ausgegangen, dass in dieser Fantasiewelt zunächst nur ein bescheidener Wohnbereich existierte, dass Terrasse und See das kleine Extra darstellten, das ich zusätzlich bestellt hatte, doch nun entdeckte ich im Flur noch zwei weitere Türen, von denen eine in ein Bad und eine andere in ein Schlafzimmer führte. Das Doppelbett war unberührt, die Bettwäsche aus altrosa Satin. Erst durch diesen Anblick wurde mir wieder bewusst, warum ich eigentlich hier war, und der Gedanke an Jannis brachte mein Herz erneut zu heftigem und unregelmäßigem Klopfen. Ich fragte mich, ob er auch schon hier war, oder ob man zuerst sichergehen wollte, ob mir das Haus gefiel.

Ich ging zurück ins Wohnzimmer und trat auf die Terrasse hinaus in den strahlenden Sonnenschein.

Und dann sah ich ihn, den Helden meiner Träume! Er kam vom See her über die Wiese auf die Terrasse zu. Er trug Jeans, an denen er die Hosenbeine ein wenig aufgekrempelt hatte und ein leichtes kurzärmeliges offenes Hemd, das den Blick auf seine braungebrannte Brust freigab. In der einen Hand hielt er seine Sandalen, den anderen Arm hob er lachend zum Gruß, als er mich erkannte.

„Hallo Agneta", rief er, „schön, dass du schon da bist."

Ich wußte nicht, wie ich mich verhalten sollte. Sollte ich warten, bis er mich eingeholt hatte, oder sollte ich ihm entgegengehen? Zwar hatte ich mich beim Ansehen seines Films in ihn verliebt, im Grunde war er aber doch ein fremder Mann für mich. Und ich hatte ja keine Ahnung, welche Rolle ich für *ihn* spielte, wie *er* mich sah.

Lächelnd blieb er vor mir stehen und schaute mich an.

Obwohl ich keinen Unterschied zu einem Menschen aus Fleisch und Blut erkannte, war mir doch bewusst, dass diese Begegnung nicht tatsächlich stattfand, und dass sie eine Art Test war, mit dem ich beurteilen sollte, ob er mir gefiel, so, wie er jetzt vor mir stand. Oder ob DAS TEAM noch irgendetwas an ihm verändern mußte.

Ich erwiderte seinen Blick und lächelte zurück. Er sah wirklich verdammt gut aus. Ich mochte sein leicht zerzaustes braunes Haar, das sich in Stirn und Nacken leicht kräuselte, die schmalen Augen, die mich seinerseits musterten, ohne preiszugeben, ob ich ihm gefiel oder nicht. Und vor allem mochte ich seinen Mund, der Zärtlichkeit versprach, und die Lippen, die sich auf einer Seite ein wenig nach oben schoben, wenn er lächelte.

Oh ja, er gefiel mir, denn er war das genaue Abbild des Mannes, den ich schon unzählige Male in *Gewitterregen* beobachtet hatte, von dem ich mir schon so oft gewünscht hatte, ihn für mich zu haben.

Doch noch während wir uns beobachteten, versank er plötzlich in einer Art Nebel und verschwand dann ganz, und ein Abspann tauchte vor meinen Augen auf. Die halbe Stunde war vorüber.

Ich war enttäuscht und ein wenig ärgerlich, dass das gerade in dem Augenblick passieren mußte, in dem ich für mich herausgefunden hatte, dass er genauso war, wie ich ihn mir vorgestellt hatte. Doch ich tröstete mich damit, dass ich ja bald mehr von ihm haben würde.

Dr. Wilhelm nahm mir den Helm ab.

„Ich hoffe, Sie sind mit unserer Arbeit zufrieden", meinte er lächelnd. „Wenn keine größeren Änderungen mehr in Frage kämen, müssten nur noch einige Kleinigkeiten geklärt werden."

Er drückte mir eine Liste, in die Hand, die aus zwei zusammengeknipsten Blättern bestand.

„Lesen Sie sich am besten alles genau durch und kreuzen Sie einfach die entsprechenden Kästchen an," meinte er. „Glauben Sie, dass Ihnen eine Viertelstunde dafür reicht?"

Ich warf einen Blick darauf. Auf den ersten Blick ähnelte die Liste dem Fragebogen, den es auszufüllen galt, wenn man bei einem Arzt als neuer Patient aufgenommen werden wollte. Doch hier ging es um die Verbesserung der Wahrnehmung in der neuen Welt: Es ging um Farben, Gerüche, Geräusche und um das Wetter. Und ich fand tatsächlich einiges, was ich in der vergangenen halben Stunde vermisst hatte und machte mein Kreuzchen in dem dafür vorgesehenen Kästchen: Ich hatte nichts von den Blumen gerochen, - ich entschied mich für keinen speziellen, sondern für einen allgemeinen Blumenduft. Ich hatte kein Bienensummen, kein Vogelgezwitscher gehört, aber auch das gehörte zu einem Sommertag auf der Terrasse. Und ich hatte den Wind nicht gespürt, - nun teilte ich ihnen mit, dass ich ein leichtes Lüftchen bevorzugen würde, und dass ich sogar nichts dagegen hätte, wenn ab und zu ein leichtes Sommergewitter über uns herniederging. Die hellen Möbel dagegen gefielen mir, die Farben der Gartenmöbel und des Zubehörs auf der Terrasse auch, und mir gefiel sogar die altrosafarbene Bettwäsche.

Dr. Wilhelm überflog meine Liste und lächelte wieder. „Das sind nur Kleinigkeiten. Entweder können Sie darauf warten, oder Sie kommen morgen wieder. Bis dahin ist dann alles erledigt.“

Ich stand von dem komplizierten Stuhl auf, Dr. Wilhelm war mir dabei behilflich.

„Ich denke, ich komme morgen wieder“, sagte ich. Ich brauchte unbedingt eine gewisse Zeit, um das Erlebte sich setzen zu lassen. Morgen würde ich Jannis ganz anders gegenübertreten können.

„Gut“, meinte der Doktor. „Morgen können wir Ihnen dann die endgültige Fassung übergeben. Das bedeutet nicht, dass Sie im Laufe der Zeit keine Änderungen mehr vornehmen können, aber… ab morgen beginnt dann ‚die Zeit‘ in ihrer Cyberwelt zu laufen, dann gibt es keine Wiederholungen einzelner Szenen mehr, sondern dann läuft alles zeitlich aufeinanderfolgend ab, wie im richtigen Leben.“

V.

Am nächsten Tag hatte Dr. Wilhelm schon alles vorbereitet, er begleitete mich in das für mich reservierte Zimmer. Zunächst bot er mir ein Tasse Kaffee an. Darüber wunderte ich mich zwar, nahm sie aber gern, um mich selbst ein wenig zu beruhigen.

Dann überreicht er mir ein dunkelblaues Kästchen, das an ein Schmuckschächtelchen erinnerte. Es war sogar wie eines dieser Schächtelchen innen mit blauem Samt ausgeschlagen, nur lag im Polster weder ein Ring noch ein Anhänger, sondern ein kleiner silberfarbener Chip, in den die Kennung *X-MH46* eingraviert war. Und *X-MH46*, das war Jannis mit allem, was dazugehörte. Dieser Chip war ein Vermögen wert, - zumindest mehr, als die tatsächlichen Schmuckstücke, die ich bis dahin besessen hatte, obwohl selbst die nicht gerade zu den billigsten Exemplaren zählten. Was genau mich diese Art der Freizeitgestaltung tatsächlich kostete, sah ich später auf meinem Konto. Aber in Ordnung, das war es mir wert gewesen.

Als nächstes zeigte mir Dr. Wilhelm, wo der Chip hingehörte, wie ich mit Hilfe der Fernbedienung den Ablauf des Geschehens bis zu einem gewissen Grad selbst beeinflussen konnte, und er machte mich erneut auf den roten Knopf aufmerksam, der jetzt allerdings nur in einer echten Notsituation bedient werden sollte. Da ich mich noch immer ein wenig unsicher fühlte, hatte der rote

Knopf aber tatsächlich eine eher beruhigende Wirkung auf mich. Zum Schluß erklärte mir der Doktor, wie der Helm auf- und abgesetzt werden mußte und was dabei zu beachten war. - Und dann konnte es losgehen, mein Abenteuer in der Cyberwelt.

Diesmal fand ich mich nicht im Wohnzimmer wieder, sondern ich saß auf der Terrasse. Vor mir auf dem Tisch lag eine Auswahl von Zeitschriften, daneben stand eine Kaffeekanne und eine leere Tasse, aus der ich, wie es schien, schon getrunken hatte.

Es war ein schöner Sommernachmittag, die Sonne schien und ein leichtes angenehmes Lüftchen wehte. Und tatsächlich: Ich konnte den Blütenduft riechen, die Vögel zwitscherten und eine Wespe setzte sich keck summend auf den Rand meiner Tasse.

Ich schloss die Augen und wäre fast in meine Träumereien versunken, hätte ich nicht auf einmal jemanden rufen hören.

„Hallo! Ist da jemand?"

Ich hob den Kopf und sah einen jungen Mann um die Ecke des Hauses kommen. Er stutzte, als er mich sah.

„Oh, Entschuldigung", sagte er. „Ich habe vorne geklingelt, aber scheinbar haben Sie das nicht gehört."

Zweifellos war es Jannis, doch er wirkte ganz anders auf mich, als beim Probelauf. Diesmal trug er ein T-Shirt zu seinen Jeans, hatte sich eine Jeansjacke über die Schultern gehängt, und seine Füße steckten in weiß-blauen Turnschuhen. Sein Haar war nicht ganz so zerzaust wie am Tag zuvor, sondern ganz manierlich frisiert. In der Hand trug er eine Sporttasche.

Im ersten Augenblick wunderte ich mich über seine Förmlichkeit, doch dann dachte ich mir, dass man uns wahrscheinlich zuerst einmal die Chance geben wollte, uns von Grund auf kennenzulernen.

Ich schaute ihn neugierig an. „Ja, was gibt es denn?" fragte ich ihn.

Er kam einen Schritt näher. „Wussten Sie nicht, dass ich heute komme?"

Natürlich hatte ich es gewußt, aber ich schüttelte den Kopf. Ich wollte dieses Spiel mitspielen.

„Nein, worum geht es denn?"

Er schlug die Hand vor die Stirn. „Mein Gott, dieser Wilhelm", seufzte er. „Das sieht ihm ähnlich. Er hat vergessen, es Ihnen zu sagen."

Ich mußte lächeln. „Dann sagen Sie es mir", antwortete ich, „sagen Sie mir, warum Sie hier sind."

Er kam noch einen Schritt näher und stellte die Sporttasche neben sich ab. „Ich soll Ihnen helfen."

„Mir? Helfen? Wobei denn?"

„Bei allem, was im Haus so anfällt."

Nun mußte ich wirklich lachen. „Und was glauben Sie, fällt da so an?"

Auch Jannis lachte. Mein Gott, wie faszinierend er aussah mit diesem schrägen Lächeln und den hübschen graubraunen Augen, mit denen er mich nun musterte, als wollte er abwägen, ob es sich lohnte, mir zu helfen oder nicht.

Er hob die Schultern. „Naja, eine Frau allein im Haus, noch dazu in einer so einsamen Gegend am See. Da ist es schon besser, wenn ein Mann da ist, der ein bisschen aufpasst."

Ich überlegte, wie sich Dr. Wilhelm oder die anderen Leute vom TEAM die Kennenlernphase vorgestellt haben mochten. Was, wenn ich nun ganz anders reagiert hätte? Wenn ich Jannis wieder weggeschickt hätte, oder wenn ich gleich auf ihn zugestürmt wäre, als hätte ich es gar nicht erwarten können, ihn zu treffen? Hatten sie für jede Eventualität eine Reaktionsmöglichkeit in Jannis vorprogrammiert?

„Na gut, vielleicht haben Sie recht", sagte ich. „Vielleicht ist es wirklich besser, wenn noch jemand im Haus ist." Ich lächelte ihn an. „Und wenn Sie nun schon mal da sind, dann kommen Sie, trinken Sie einen Kaffee mit mir." Ich griff nach der Kanne. „Falls noch was drin ist."

Jannis lachte, kam in großen Schritten zu mir herüber und setzte sich mir gegenüber an den Tisch. Seine Jeansjacke legte er auf den Stuhl neben sich.

„Das ist eine gute Idee. Vielen Dank."

Durch Zufall sah ich auf dem Mäuerchen, das die Terrasse einfasste, ein Tablett mit weiterem Geschirr stehen. Aha, auch eine Tasse für Jannis, man hatte schon vorgesorgt.

Ich schenkte ihm ein. „Mit Milch und Zucker?" fragte ich mit einem Blick auf das Tablett, denn es war alles da.

„Danke nein, ich trinke ihn lieber schwarz wie die Nacht."

„Da haben wir schon etwas gemeinsam. Ich nämlich auch."

Er nahm einen Schluck und schaute mich dabei über den Tassenrand hinweg an, und ich muß zugeben, allmählich wurde ich nervös. Wie oft hatte ich mir seinen Film schon angesehen, hatte davon geträumt und darauf gewartet, ihn endlich persönlich zu treffen. Nun war er da… Und doch war da immer noch diese Spur von Misstrauen. - Nein, Misstrauen war nicht das richtige Wort, ich vertraute dem TEAM, dass sie das Bestmöglichste aus der Filmvorlage gemacht hatten, - was man für den Preis schließlich auch erwarten konnte. Aber in meinem Hinterkopf saß immer noch ein Fünkchen der Erkenntnis, dass dieser Jannis kein Mensch aus Fleisch und Blut war, sondern ein Traum, extra angefertigt für mich. Ich wußte, das mußte ich ablegen, wenn ich hier mit ihm glücklich sein wollte.

Er stellte die Tasse ab und streckte mir über den Tisch die Hand hin. „Ich bin übrigens Jannis, Sie können ruhig ‚du' zu mir sagen."

Ich schlug ein. „Gut, bleiben wir beim ‚du', das ist einfacher. Ich bin Agneta."

Er suchte meinen Blick. „Verdammt schöner Name", meinte er.

Ich mußte lachen. „Den habe ich mir nicht selbst ausgesucht, aber ja, du hast recht, es gibt Schlimmere."

Er sah mich noch immer an. „Ein schöner Name für eine schöne Frau."

Das war mir peinlich. Natürlich war er programmiert, mich zu mögen und mir zu schmeicheln, aber er sollte es nicht übertreiben. „Du mußt das nicht sagen, um mir einen Gefallen zu tun", sagte ich, und als er ansetzte, etwas darauf zu erwidern, - was immer das hätte sein mögen, - hob ich die Hand. „Lassen wir das, Jannis. Wenn du ausgetrunken hast, könnten wir runter zum See laufen und miteinander reden, damit wir uns kennenlernen."

„Ja gern." Er trank den Rest seines Kaffees und stand auf. Und ich fügte hinzu: „Bei der Gelegenheit kannst du mir dann gleich ein bisschen was über dich erzählen und was du bisher gemacht hast."

Ich war gespannt, was man ihm als seine Vergangenheit einprogrammiert hatte. Hatte man sich etwas ganz Neues für ihn ausgedacht, von dem man annahm, dass es mir gefallen könnte? Oder war das, was er im *Gewitterregen* erlebt hatte, seine Vergangenheit?

Wir liefen über den Rasen hinter der Terrasse bis hinunter zum See. Es war eine traumhafte Kulisse. Eine Reihe unterschiedlich hoher Anhöhen zog sich entlang des anderen Ufers, grün bewachsen mit Bäumen und Büschen. Darüber ein blauer Himmel, über den, wie kleine Watteflöckchen, ein paar weiße Wölkchen segelten... Vor uns führte ein Bootssteg aus Holzplanken ein Stück in den See hinein. Auf der einen Seite war ein kleines Segelboot festgemacht, auf der anderen Seite ein einfaches Ruderboot.

„Du hast dir ein wirklich schönes Plätzchen für dein Haus ausgesucht," meinte Jannis.

Ich nickte, ich mußte zugeben, dass er recht hatte. Aber wieder überkam mich dieses seltsame Gefühl, das Bewusstsein, dass hier alles viel zu schön war, um wirklich echt zu sein.

Am Ende des Bootsstegs setzte ich mich, zog die Knie an und schaute zu ihm auf.

„Komm, setz dich doch auch", forderte ich ihn auf und deutete mit der Hand neben mich. „Setz dich und erzähl mir ein bisschen was über dich."

„Da gibt es eigentlich nicht viel zu erzählen", meinte er, als er sich setzte.

Ich lachte. „Das kannst du mir nicht weismachen, jeder hat was zu erzählen."

Er zwinkerte mir zu. „Erzählst du mir dann hinterher auch was von dir?"

Ich erwiderte seinen Blick. „Sicher. Alles, was du wissen willst."

„Also gut." Er seufzte tief. „Ich bin in Hamburg geboren und aufgewachsen, hab aber von Berufs wegen viel in Berlin zu tun gehabt."

Aha, dachte ich. Auch der *Gewitterregen* spielte in Hamburg und Berlin.

„Als was hast du denn gearbeitet?"

„Ich war Fotograf. Das habe ich zwar nicht gelernt, aber es hat mir schon immer Spaß gemacht. Und damit habe ich dann auch ganz schön Geld verdient."

Ich mußte an die blonde Frau denken, die Tochter des Hoteliers, die er letztendlich für sich erobert hatte. Wie hieß sie doch gleich? Sabina oder Sabrina? Sie war mir nie wichtig gewesen, ich hatte immer nur Augen für ihn gehabt.

„Bist du eigentlich verheiratet?", fragte ich ihn unvermittelt.

Er sah mich erstaunt an, dann kam ihm ein empörtes „Aber nein!" über die Lippen.

„So abwegig war meine Frage doch gar nicht, oder?"

Er schüttelte den Kopf. „Aber nein, wenn ich verheiratet gewesen wäre, dann hätten sie mich doch wahrscheinlich gar nicht hierhergeschickt."

„Wer ist ‚sie'?" wollte ich wissen.

„Das Team.“

Ich war verwirrt. „Das Team? Was ist ‚das Team‘?“

„Na, die Firma, die mich vermittelt hat. Die mich hergeschickt hat, um dir behilflich zu sein und dich zu beschützen. Wahrscheinlich hast du ja jemanden wie mich angefordert, oder nicht?“

Ich konnte mir nicht vorstellen, dass er Näheres über DAS TEAM, wie ich es kannte, wußte, deshalb wechselte ich das Thema.

„Gibt es kein Mädchen, das du zurückgelassen hast, als du hierherkamst? Du warst doch sicher schon mal verliebt.“ Ich sah ihn herausfordernd an. „So richtig, meine ich, dass du dachtest, es könnte nie wieder einen anderen Menschen für dich geben?“

Gedankenverloren schaute er über den See. „Ja doch, aber das ist lange her. Und das ist vorbei.“

„Wer war sie? Und warum hat es nicht geklappt?“

„Sie hieß Sabrina“, antwortete er, und eine gewisse Traurigkeit war aus seinen Worten zu hören. „Sie war die Tochter des Hoteldirektors, bei dem ich des Öfteren abgestiegen bin, wenn ich in Berlin zu tun hatte. - Warum es nicht geklappt hat? - Das weiß ich nicht so genau. Wahrscheinlich waren wir viel zu verschieden voneinander.“

Aha, dachte ich wieder. DAS TEAM hatte also den Inhalt des Filmes als seine Erinnerung verarbeitet.

„Vermisst du sie noch manchmal?“

Er sah mich nicht an. „Nicht direkt Sabrina“, meinte er, „aber seit damals habe ich einfach kein anderes Mädchen, keine andere Frau mehr gefunden, die zu mir

gepasst hätte, und in die ich mich hätte verlieben
können.“

„Wahrscheinlich, weil du alle mit ihr verglichen hast.“

„Vielleicht.“

Ich war versucht, die Hand auszustrecken, um ihm über
das braune Haar zu streichen. Oder über seinen Arm.
Oder seine Hand zu nehmen. Aber ich hielt mich zurück.
Ich dachte nur: ‚Bald wirst auch du wieder glücklich sein,
das verspreche ich dir. Du mußt mir nur etwas Zeit lassen,
bis ich mich daran gewöhnt habe, dass diese Cyberwelt
genauso schön und *echt* sein kann, wie die Realität.‘

Ich stand auf. „Lass den Kopf nicht hängen. Irgendwo
und irgendwann gibt es auch für dich wieder jemanden,
der für dich da ist.“

Er seufzte, dann erhob auch er sich. Er lachte schon
wieder. „Ja, du hast recht. Ich habe ja jetzt meinen Job,
und der ist im Augenblick wichtiger, als alles andere.“

Ich hatte mir für die ersten Male eine Frist von vier
Stunden pro Sitzung gesetzt, ich wollte nicht gleich in die
Versuchung geraten, mein reales Leben zu sehr zu
beschneiden. Als die vier Stunden um waren, bekam ich
ein Zeichen, indem das Telefon im Wohnzimmer zu läuten
begann. Ich ging hinein und nahm den Hörer ab. Eine
automatische Stimme schnarrte: „Ihre Sitzung ist
abgelaufen.“ Ich wußte, dass ich nun noch genau fünf
Minuten Zeit hatte, um angemessen aus meiner
Traumwelt zu verschwinden.

Als ich auf die Terrasse zurückkam, war Jannis gerade
dabei, das Kaffeegeschirr auf das Tablett zu setzen.

„Ich muß noch mal weg", sagte ich zu ihm, „ich hoffe, es macht dir nichts aus."

„Nein, nein. Weißt du denn schon, wann du zurück sein wirst?"

„Das kann ich leider nicht so genau sagen."

Meine nächsten vier Stunden waren erst am nächsten Wochenende fällig, und ich hatte keine Ahnung, wie es weitergehen würde, wenn ich zurückkam. Würde dieser Tag dann einfach fortgesetzt werden, oder kam ich dann automatisch an einem der nächsten Tage an?

Ich seufzte. Mit der Zeit würde ich schon noch herausfinden, wie hier alles lief.

„Gut", sagte Jannis. „Ich habe gesehen, dass du hier einige Zeitschriften hast, und sicher gibt es auch irgendwo Bücher. Ich werde die Zeit schon rumbringen."

„Also dann, bis später", sagte ich und hob die Hand.

„Ja, bis später." - Und schon saß ich wieder in meinem hochtechnisierten Stuhl und nahm mir, noch völlig benommen, den Helm ab.

Das war also meine erste richtige Begegnung mit Jannis.

Natürlich war sie nicht so verlaufen, wie wenn wir uns in der Realität kennengelernt hätten, denn niemals hätte ich mich einem ‚fremden' Mann gegenüber so verhalten, wie ich es ihm gegenüber getan hatte. Einem, der grad mal um die Ecke gekommen war und behauptet hatte, er sei geschickt worden, um mir zu helfen. Dennoch fand ich es ganz in Ordnung, wie DAS TEAM die Sache gelöst hatte. Sie überließen es mir, wie ich den Anfang anging, und das wußte ich zu schätzen.

Bevor ich nach Hause ging, meldete ich mich bei Steven an. Wahrscheinlich hatte er gerade etwas Zeit, denn es dauerte nur Minuten, bis ich zu ihm vorgelassen wurde.

Lachend wandte er sich nach mir um, den Helm noch im Arm, als ich sein Zimmer betrat.

„Hallo, Schwesterherz. Wie ich höre, hast du heute deinen eigenen Chip bekommen. Und, wie war's? Ist alles so gelaufen, wie du es dir vorgestellt hast?"

Ich nickte. „Ja, es hat mir gefallen. Es ist schon etwas ganz Besonderes, das, an dem wir hier teilhaben", gab ich zu. Dennoch war es mir ein bisschen unangenehm, dass er über das, was mich betraf, aufs Genaueste unterrichtet war, und dass er wußte, dass ich gerade das erste Mal meinen Chip zum Einsatz gebracht hatte.

„Auf Verschwiegenheit scheint man hier keinen großen Wert zu legen, sonst wüsstest du nicht so gut über mich bescheid."

Er lachte wieder. „Agneta, wir sitzen hier alle im selben Boot. Jeder weiß vom anderen, warum er hier ist, da braucht sich keiner zu verstecken. Ich bin zwar selten unten im Gemeinschaftsraum, aber ich weiß, dass sich dort viele ganz frei und ungeniert über ihre Erlebnisse in der Cyberwelt unterhalten."

„Das würde ich nie tun."

„Das muß du doch auch gar nicht. Aber mir, als deinem Bruder, könntest du ruhig erzählen, auf wen deine Wahl gefallen ist." Er zwinkerte mir zu. „Kenne ich ihn? Ist es einer, um den dich möglicherweise viele beneiden würden?"

Ich schüttelte den Kopf. „Nein, ich glaube kaum, dass ihn überhaupt jemand kennt."

„Aha, eine ‚Sonderanfertigung‘. Dr. Wilhelm hat schon sowas angedeutet. Ist es jemand aus deinem Umfeld, an den du auf die herkömmliche Weise nicht rankommst?"

Ich spielte die Empörte. „Glaubst du wirklich, es gäbe jemanden, an den ich nicht ‚rankäme‘, wie du es nennst, wenn ich ihn wollte?"

Wir lachten. „Nein, Steven, erinnerst du dich an die DVD, die wir in Mamas versteckten Unterlagen gefunden haben?"

„Ja, ich erinnere mich. Hast du sie dir mal genauer angesehen?"

„Ja. Es ist ein Spielfilm mit dem Titel *Gewitterregen*. Der Hauptdarsteller hieß Jannis Brega. Es ist eigentlich ein ganz banaler Film, unsere Eltern haben damals das Filmprojekt finanziell gefördert," erklärte ich ihm. „Aber nachdem ich ihn mir mehrmals angeschaut habe, hatte es mir dieser Jannis Brega angetan, verstehst du? Und ich dachte mir, wenn ich schon einen Versuch in Sachen Cyberwelt unternehme, warum dann nicht mit ihm?"

„Gute Idee. Und? Hat er deine Erwartungen erfüllt?"

„Das war heute unsere erste Begegnung. Ich werde mir Zeit lassen."

„Verstehe. Das habe ich damals bei Raffaela auch gedacht, aber wozu einen Tag vergeuden? Bei Mewa und mir ist es dann gleich beim ersten Mal zur Sache gegangen."

„Männer sind da wahrscheinlich ein bisschen anders, als wir Frauen."

„Mag schon sein. Aber du wirst auch noch dahinterkommen, wie schön es ist, auf keine Etikette mehr Rücksicht nehmen zu müssen und machen zu können, was man will und wann man will. Jedenfalls wünsche ich dir, dass du Glück mit ihm hast. Vielleicht können wir vier uns ja irgendwann später mal treffen. Auch dafür gibt es inzwischen Möglichkeiten."

„Ja", sagte ich, „das wäre sehr schön." Das allerdings würde wahrscheinlich nur Sinn machen, wenn wir *beide* den größten Teil unseres Lebens in der Cyberwelt verbrachten, aber das hatte ich meinerseits ja keinesfalls vor.

VI.

Man konnte sich im *Friedenspfad* ein Zimmer mieten, - monatsweise, wie Steven, aber auch tage- oder sogar stundenweise. Da ich am Anfang nur hin und wieder herkommen wollte, hatte ich mich für den Sonntag eintragen lassen, denn an den Wochenenden ließ mich Jocelyn meistens in Ruhe.

Bei ihr ging es während dieser Zeit ziemlich hektisch zu. Obwohl wir gerade mitten im Sommer waren und die Marke zu dieser Jahreszeit sehr gut lief, waren wir auch schon dabei, die Herbst- und Winter-Collection zu entwerfen und die ersten Musterexemplare anzufertigen und vorzustellen. Wie immer griffen wir uns auch diesmal ein bestimmtes Kleidungsstück heraus, das wir als den ganz großen Knüller herausbringen wollten. Und diesmal sollte es der sogenannten ‚Wooly‘ sein, ein kuschelig weicher Pullover mit breitem Schalkragen, den es in allen möglichen Farben und Mustern geben sollte. Die ersten Aufnahmen für den Katalog waren bereits im Kasten, und die Termine für die speziellen Modenschauen standen auch schon fest.

Es fiel mir verdammt schwer, während der Arbeit nicht an Jannis zu denken. Genaugenommen war das überhaupt nicht möglich. War er mir früher schon aufgrund des Filmes, den ich mir zwischendurch immer wieder angeschaut hatte, im Kopf herumgespukt, so konnte ich es nun kaum erwarten, ihn endlich wiederzusehen. In meinem eigens für ihn konstruierten kleinen Häuschen am See, wo er, wie ich wußte, auf mich wartete.

Da ich das *Haus Friedenspfad* nun regelmäßig an den Sonntagen aufsuchen würde, hatte ich eine Art Ausweis bekommen, den ich an der Rezeption vorlegen mußte. Doch die Dame hinter der Theke, der ich ja schon durch meine Besuche bei Steven bekannt war, ließ mich mit einem maliziösen Lächeln passieren, kaum, dass sie einen Blick auf den Ausweis geworfen hatte. Wahrscheinlich schien sie doch ganz genau zu wissen, was hinter den Kulissen des sogenannten Pflegeheims vor sich ging. Ich fragte mich nur, ob sie niemals frei hatte, denn immer, wenn ich kam, war sie es, die hinter der Theke saß.

Mein Zimmer lag im zweiten Stock, es war kleiner als Stevens, aber doch ein wenig geräumiger, als das, das für den Probelauf reserviert gewesen war.

Selbst beim zweiten Mal war ich noch aufgeregt, denn diesmal war ich auf mich selbst gestellt und hatte Angst, ich könnte etwas falsch machen. Vorsichtig ließ ich mich auf dem magischen Stuhl nieder, legte den Chip in den Helm ein, setzte ihn auf und betätigte den Einschaltknopf, und… Schon im nächsten Augenblick landete ich im Flur meines Häuschens und öffnete die Tür zum Wohnzimmer. Inzwischen war es Abend geworden, hinter der Hügelkette war die Sonne dabei, unterzugehen und schickte mir die allerletzten ihrer goldenen Strahlen entgegen.

Ich schaute mich um und sah Jannis auf der Terrasse in einem Liegestuhl liegen, - die Füße auf dem Tisch und vertieft in ein Buch. Er hatte mich noch nicht bemerkt.

Sein Anblick ließ meinen Puls höher klettern, ich mußte lächeln.

„Und? Wie gefällt dir das Buch?", fragte ich von der Terrassentür aus. „Welches hast du dir denn ausgesucht?"

Er schaute auf, war ein wenig erschrocken und nahm schnell die Füße vom Tisch. Er wollte aufstehen, aber ich winkte ab. „Bleib sitzen", sagte ich. „Zeig mir, was du gerade liest."

„Oh, ich glaube es ist ein Liebesroman." Er hob das Buch, um mir den Titel zu zeigen, ich kannte es nicht. „Jedenfalls ist es nicht das, was ich sonst lese. Aber…", er lächelte ein wenig verlegen, „irgendwie gefällt es mir."

Ich ging zu ihm auf die Terrasse hinaus und setzte mich ihm gegenüber an den Tisch. Es war noch immer warm, das sanfte Lüftchen vom Nachmittag war aber ein wenig stärker geworden.

Ich überlegte, wie es weitergehen sollte, schließlich lag es an mir, wie dieser Tag zu Ende gehen würde. Ich zog verschiedene Möglichkeiten in Betracht. Einmal konnte ich weiterhin so tun, als wäre er nur eine zufällige Begegnung, die ich zwar nett fand, die mich aber nicht weiter interessierte. Ich konnte aber auch meinen Widerstand aufgeben und ihn als das akzeptieren, was er eigentlich war: Der Mann meiner Träume, der endlich Gestalt angenommen hatte.

Es schien, als wollte er mir bei meiner Entscheidung helfen, indem er aufstand, das Buch zur Seite legte und zu mir herüberkam. „Ich bin froh, dass du wieder da bist," sagte er.

Ich lachte. „Du wirst doch keine Angst gehabt haben, so alleine?"

Er ging neben mir in die Hocke, legte seine Arme auf die Armlehne meines Stuhles und sah zu mir auf.

„Nein, keine Angst. Aber du hast mir gefehlt." Er war ganz ernst dabei.

Es fiel mir schwer, nicht darauf einzugehen. „Du kennst mich doch gar nicht. Wie kann ich dir dann fehlen?"

Er hob die Schultern. „Ich weiß es nicht. Es ist, als ob ich dich schon seit einer Ewigkeit kenne."

Sein Gesicht kam näher, es hätte nur eine Winzigkeit gebraucht, um ihn zu küssen, - aber ich tat es nicht. Dagegen ließ ich es aber zu, dass seine Lippen meinen Mund berührten. Nur ganz flüchtig und ganz sacht.

Abrupt stand ich auf. „Du kannst heute Nacht im Wohnzimmer auf der Couch schlafen, wenn du hierbleiben willst", sagte ich zu ihm.

Auch er war aufgestanden. „Du scheinst mich nicht besonders zu mögen", meinte er, und seine Stimme klang traurig. „Wenn du willst, kann ich beim Team anrufen, dann können sie dir einen anderen schicken."

Ich war erschrocken, denn das hatte ich nicht gewollt. Weder wollte ich einen anderen, noch dass er sich nicht gemocht oder nicht angenommen fühlte.

„Jannis! Das hat nichts mit dir zu tun."

„Nicht?"

„Nein. Es ist ganz einfach so, dass ich es nicht gewohnt bin, mit einem Mann unter einem Dach zu leben. Ich muß mich erst noch daran gewöhnen."

Er lächelte wieder. „Du willst also, dass ich bleibe?"

Mein Herz klopfte, als wollte es zerspringen. „Aber ja doch, Jannis. Ich will keinen anderen. Aber du mußt mir ein bisschen Zeit lassen."

Er kam wieder zu mir herüber.

„Darf ich dich in den Arm nehmen, Agneta? Einfach nur in den Arm nehmen?"

Ich konnte nur nicken. Und dann nahm er mich in seine Arme. Ganz fest. Und ich spürte tatsächlich sein Herz klopfen, seinen Atem, seine Küsse in meinem Haar… Das konnte doch nicht nur eine Figur in einem Cyber-Spektakel sein, die es in Wirklichkeit gar nicht gab, oder? Das war ein Mensch aus Fleisch und Blut, auch wenn sich mein Verstand gegen diese Einsicht wehrte. Ich schloss die Augen und wünschte mir, dieser Moment würde ewig dauern.

Ich weiß nicht, wie lange wir so dastanden. Irgendwann löste er sich vorsichtig von mir.

„Sagst du mir, wo ich das Bettzeug für die Couch finde?" fragte er leise.

Ich nickte. „Ich hole es dir", sagte ich.

Ohne ihn anzusehen ging ich hinüber ins Schlafzimmer. Ich hatte keine Ahnung, wieso ich auf Anhieb den richtigen Schrank fand, in dem das Bettzeug untergebracht war. Es war weiß bezogen, nicht mit altrosa Satin wie die Betten. Die Couch konnte man ausziehen, dadurch hatte er Platz genug.

„Agneta."

„Ja?"

„Einen Gutenacht-Kuss krieg ich doch aber, oder?"

Ich antwortete nicht, aber weder sagte ich Nein noch wandte ich mich von ihm ab. Er nahm mein Gesicht in seine Hände und küsste mich. Es war nur ein ganz einfacher Kuss, und trotzdem brachte er mein Innerstes in Aufruhr. Schnell wandte ich mich um und verließ das Zimmer.

„Also schlaf gut!", rief ich ihm noch über die Schulter zu, aber ich hörte nicht, ob auch er mir eine Gute Nacht wünschte oder nicht.

In meiner Cyberwelt zu schlafen, war eine ganz neue Erfahrung für mich, darüber hatte ich nie zuvor nachgedacht. Würde nach insgesamt vier Stunden der Wecker klingeln, anstatt des Telefons? Ich hätte auch gleich wieder gehen können, obwohl meine Zeit noch nicht ganz abgelaufen war, das nächste Mal hätte ich dann mit einer ganz neuen Sitzung beginnen können.

Aber ich blieb, und ich versuchte tatsächlich, zu schlafen. Doch wie sollte ich schlafen mit diesem inneren Durcheinander? Was sollte ich nur tun? Sollte ich ihn in mein altrosa Satin-Bett holen, oder würde er selbst es wagen, irgendwann plötzlich vor mir zu stehen?

Nachdem ich mich eine Weile hin- und hergedreht hatte, setzte ich mich im Bett auf und dachte nach. Warum war ich überhaupt hier? fragte ich mich. Warum war es mir ein Vermögen wert gewesen, um dieses Häuschen am See zu erschaffen? Doch nur aus einem einzigen Grund: Um mit Jannis zusammen zu sein. Und nun verhielt ich mich wie eine alte Jungfer und scheute mich davor, ihm näherzukommen.

Wie dumm ich doch war!

Ich stand auf und tappte barfuß ins Wohnzimmer hinüber. Im bläulichen Schein des Modes, der groß und rund am Himmel stand, sah ich Jannis eingerollt in den

Kissen liegen. Er atmete tief und gleichmäßig und rührte sich nicht. Schlief er wirklich, oder gab er sich nur Mühe, so zu tun? Eine Weile blieb ich vor ihm stehen und betrachtete ihn voller Zärtlichkeit. Ich mußte lächeln, strich ihm behutsam über die Wange und fuhr ihm mit den Fingern durch das dunkle Haar. Erschrocken öffnete er die Augen und hob den Kopf. „Agneta?"

War er wirklich verwundert, oder hatte er darauf gewartet, dass ich meine Entscheidung ändern würde?

„Rutsch mal ein Stück", sagte ich leise.

Als er begriff, rutschte er zurück bis an die Wand und ich schlüpfte zu ihm unter die Decke. Oh, mein Gott, wie ich es genoss, dieses Gefühl, seinen Körper zu spüren, seine Arme, die mich umfingen, seine Hände, die überall zu sein schienen, um mich zu streicheln… Wir küssten uns heftig, wieder und immer wieder und mit all der aufgestauten Leidenschaft…

Es war tatsächlich ein Traum, wie er schöner nicht hätte sein können. Nie zuvor hatte ich eine solche Nacht erlebt.

Ich war glücklich mit Jannis, so glücklich, dass ich mich entschloss, nun an zwei Tagen in der Woche und zu je acht Stunden meine Cyberwelt zu besuchen. Ich nahm den Samstag noch mit dazu, und so waren die verlängerten Wochenenden nun jedes Mal etwas ganz Besonderes und Wunderschönes für mich.

Natürlich wirkte sich das auch auf meine Arbeit bei Jocelyn aus, denn sie war es nicht gewohnt, dass ich an den Wochenenden nun überhaupt nicht mehr für sie erreichbar war. Anfangs hatte ich ihr ein paarmal abgesagt, weil ich - angeblich - etwas dringendes

Persönliches zu erledigen hatte, später sorgte ich dafür, dass ich während dieser Zeit weder über mein Handy noch über meinen Festnetzanschluß für sie zu erreichen war. Das gefiel ihr natürlich gar nicht, und so dauerte es nicht lange, bis sie mich fragte, was mit mir los sei. Dazu hatte sie mich zu einer Besprechung in ihr Büro gebeten, - eine Besprechung unter vier Augen. Natürlich hatte ich damit gerechnet und war entsprechend darauf vorbereitet. Ich hatte nicht vor, mein Geheimnis preiszugeben, wer weiß, wie sie darauf reagiert hätte. Aber sie hatte von Stevens angeblicher ‚Krankheit‘ gehört, und so war es mir ein Leichtes, ihr gesundheitliche Probleme vorzugaukeln.

„Es geht mir oft nicht besonders gut, Jocelyn,“ sagte ich zu ihr. „Es fällt mir einfach immer schwerer in letzter Zeit, mich hundertprozentig auf die Arbeit zu konzentrieren.“

Sie schaute mich besorgt an. Ich wußte, sie würde mich niemals fallenlassen, denn ihr war bewusst, dass ich über all die vergangenen Jahre immer mein Bestes gegeben hatte.

„Dann müssen wir uns etwas einfallen lassen, wie wir in nächster Zeit etwas für dich tun können, Agneta“ meinte sie. „Glaubst du, dass Pamela einen Teil deiner bisherigen Aufgaben für eine gewisse Zeit mit übernehmen könnte?“

Pamela, dachte ich missmutig, ausgerechnet Pamela. Von Anfang an war sie meine größte Konkurrentin in der Firma gewesen, hatte sich stets bemüht, mich zu übertrumpfen. Allein meiner Tüchtigkeit war es zu verdanken gewesen, dass sie es nie geschafft hatte. Nun stand ich vor der Frage: Pamela oder Jannis. Wollte ich vermeiden, dass sie mehr Ansehen in der Firma gewann, mußte ich auf zusätzliche Stunden mit Jannis verzichten. - Aber wollte ich das? Was war mir wichtiger, mein Status in der Firma oder mehr Zeit für mich und Jannis?

Ich wollte weiß Gott nicht so leben wie Steven, ganz ohne meine Arbeit und ohne Kontakte zur Außenwelt, doch ich wußte auch, dass ich bereits auf dem besten Weg dorthin war. Irgendwann würden mir zwei Tage in der Woche mit Jannis nicht mehr reichen, dann würde ich mehr wollen.

Was sollte ich nur tun?

Jocelyn schaute mich nachdenklich an. „Agneta, wenn du krank bist, - wirklich krank, - dann sprich ganz offen mit mir darüber. Ich habe von deinem Bruder gehört…"

Ich seufzte tief. „Möglicherweise hat es tatsächlich etwas mit der Krankheit meines Bruders zu tun. Man weiß noch viel zu wenig darüber, aber man vermutet, dass es eine Erbkrankheit sein könnte. Ich möchte mich rechtzeitig fachmännisch untersuchen und beraten lassen, um so schnell wie möglich etwas dagegen tun zu können, falls es notwendig ist."

Sie nahm meine Hand. „Ich habe nicht gewußt, dass es so schlimm ist. Natürlich sollst du alle Möglichkeiten bekommen, dir den besten ärztlichen Rat einzuholen. Was glaubst du, wie lange es dauern könnte, bis du ein eindeutiges Ergebnis vorliegen hast? Vier Wochen könnte ich Pamela wahrscheinlich hinhalten, aber länger wird es mir leider nicht möglich sein, dann werde ich ihr deinen Posten zusprechen müssen."

Vier Wochen! Ich überlegte. Da gab es nämlich auch noch etwas anderes, worüber ich in der letzten Zeit viel nachgedacht hatte. Irgendwann, als ich mir wieder einmal *Gewitterregen* angeschaut hatte, war mir aufgefallen, dass der Name des Hauptdarstellers zwar Jannis Brega war, der Name desjenigen aber, der den Film produziert hatte, war ein anderer gewesen, ein gewisser Samuel Kant. Und ich mußte mir selbst den Vorwurf machen, bei den Nachforschungen nach Jannis nicht gründlich genug vorgegangen zu sein. Möglicherweise hätte ich im Internet auch nach irgendeinem anderen Namen aus dem Abspann suchen können und hätte dadurch vielleicht längst etwas mehr über Jannis erfahren. Nun wollte ich sehen, ob ich über den Namen Samuel Kant etwas herausfinden würde.

Ich sah Jocelyn an und nickte. Ja, dachte ich, vier Wochen würden mir reichen, neben den Besuchen bei Jannis auch neue Recherchen anzustellen.

„Ja", sagte ich dann auch zu ihr, „versuchen wir es. Vielleicht kann ich mir in vier Wochen Klarheit verschaffen."

Sie stand auf und nahm mich in den Arm. „Ich weiß, was ich an dir habe, Agneta. Ich gebe dich nicht so schnell auf. Sag mir, wenn du etwas brauchst oder wenn es etwas gibt, womit ich dir helfen kann."

„Danke, Jocelyn. Danke."

VII.

Gleich bei meiner ersten Suche im Internet wurde ich fündig, - außer in Luzern, in Meran und in Barcelona gab es noch einen Samuel Kant in Hamburg. Der Hinweis auf Hamburg passte, und auch die Berufsbezeichnung ‚Kunstmaler', schließlich hatte mir Jannis erzählt, dass er früher als Fotograf gearbeitet hatte. War das nicht fast dasselbe? Als Fotograf hatte er mit Licht gearbeitet, wenn Samuel Kant aus Hamburg der Richtige war, dann arbeitete er eben jetzt mit Farben. Zwei Fotos neben dem Text zeigten einen Mann von etwa fünfzig Jahren, doch sie waren so unscharf und verschwommen, dass man seine Gesichtszüge nur schlecht erkennen konnte. Und das passte nun wiederum gar nicht zu einem Fotografen. Unter einem der Bilder hatte ich den Hinweis auf ein Soziales Netzwerk gefunden, und als ich mir dort die entsprechende Seite heraussuchte, mußte ich mir eingestehen, dass ich auf der falschen Fährte war. Wenn ich gehofft hatte, bei Samuel und Jannis könnte es sich um dieselbe Person gehandelt haben, dann hatte ich mich geirrt. Das war nicht Jannis. Doch noch wollte ich mich nicht ganz geschlagen geben, denn falls er tatsächlich damals zu der Filmcrew gehört hatte, sollte er eigentlich wissen, wer Jannis Brega gewesen war, und ich hoffte, er könnte sich noch an ihn erinnern.

Ich verfasste ein paar unverfängliche Zeilen in der Art, wie das in den Netzwerken im Allgemeinen üblich war und schickte sie ihm:

"Hallo Samuel Kant! Ich suche Jannis Brega, kannst du mir weiterhelfen?"

Als Absender gab ich eine E-Mail-Adresse an, die ich nur äußerst selten benutzte und aus der nicht ersichtlich war, wer dahintersteckte.

Der Kopf brummte mir noch immer nach der langen Sucherei im Netz, als ich in meiner Cyberwelt ankam. Jannis kam mir von der Terrasse her entgegen. Er nahm mich in den Arm und küsste mich zärtlich.

„Was ist los, Liebling, hat es irgendwelche Probleme gegeben?", fragte er mich.

Zwar hatte ich mir fest vorgenommen, niemals Ärger oder Anspannungen mit in dieses Haus zu nehmen, doch manchmal war es schwer, rechtzeitig abzuschalten. Ich seufzte tief, legte dann aber meine Arme um seinen Hals und erwiderte seinen Kuss.

„Jannis, hast du jemals den Namen Samuel Kant gehört?" fragte ich ihn.

„Nein, wer ist das?" Obwohl seine Antwort prompt gekommen war, merkte ich doch, dass er ganz leicht gestutzt hatte. Er trat einen Schritt von mir zurück und fuhr sich mit der Hand über die Stirn, als wollte er den Anflug einer Erinnerung wegwischen. Oder zurückholen? „Wer soll denn das sein?"

Ich beobachtete ihn. Wenn ihm DAS TEAM Erinnerungen an *Gewitterregen* einprogrammiert hatte, dann gab es vielleicht auch noch Fetzen von Erinnerungen an die Menschen, mit denen er damals zusammen diesen Film gemacht hatte. Oder gar an seine frühere Identität?

„Das ist ein Kunde von uns, der uns ein paar Probleme bereitet hat", schwindelte ich, „nicht der Rede wert."

Noch einmal nahm er mich in den Arm. „Vergiss ihn, Agneta. Er hat hier nichts verloren. Er hat nicht das Recht, dir deine gute Laune zu verderben." Dann wirbelte er mich herum und fragte mit einem fröhlichen Lachen: „Was machen wir beide heute Abend? Gehen wir noch eine Runde schwimmen?"

Ich mußte lachen. Er verstand es immer wieder, meine Stimmung aufzuhellen. Oh mein Gott, wie froh war ich, dass ich ihn hatte. Und wie sehr liebte ich ihn!

Kurze Zeit später bekam ich eine Antwort auf meine Mail, die ich über das Soziale Netzwerk an Samuel Kant geschickt hatte. *Ich muß mit Ihnen reden, wie kann ich Sie erreichen?"*

Diesmal gab ich ihm eine geheime Handynummer, die über einen Chip funktionierte, und aus der genauso wenig wie aus der Mail-Adresse hervorging, wem sie gehörte. Und dieses Handy klingelte am Folgetag, als ich gerade dabei war, ein paar Einkäufe zu erledigen.

Abrupt war ich stehengeblieben. „Ja, bitte?"

„Sind Sie diejenige, die sich nach Jannis Brega erkundigt hat?"

„Ja, die bin ich."

„Wer sind Sie, und was wollen Sie von ihm?"

„Das möchte ich im selber sagen."

Eine Weile schwieg er, dann meinte er: „Gut. Wo kann er Sie treffen?"

„Das kommt darauf an, in welcher Stadt er sich aufhält.“

„Er ist in Berlin.“

„In Ordnung, dann richten Sie ihm aus, dass ich am nächsten Montag auch in Berlin bin. Ich werde punkt 15 Uhr an der Weltzeituhr am Alex auf ihn warten.“

„Und wie erkennt er Sie?“

Nun lachte ich. „Herr Samuel Kant, Sie können mich nicht zum Narren halten. Es gibt gar keinen Jannis Brega. Jedenfalls nicht mehr. Ich habe das ganze Internet nach ihm durchforstet, habe aber nichts gefunden.“

Und wieder war es still am anderen Ende.

„Doch vielleicht könnte ich mich ja mir *Ihnen* über ihn unterhalten“, fügte ich hinzu, „sicher gibt es einiges aus der Zeit, als er die Hauptrolle im *Gewitterregen* gespielt hat, was Sie mir über ihn berichten können.“

„Warum ist das so wichtig für Sie?“

„Kommen *Sie* am Montag zum Alex, dann verrate ich es Ihnen.“

„Gut, ich werde dort sein.“

„Halten Sie eine DVD in den Händen.“

„Eine DVD?“ Er klang verwundert. „Was für eine DVD?“, hörte ich ihn noch fragen, dann legte ich auf.

Ich vermutete, dass er keine Ahnung hatte, was ich tatsächlich wollte, doch ich hatte seine Neugier geweckt, deshalb war ich sicher, dass er kommen würde.

Am kommenden Wochenende war ich wieder bei Jannis. Nach dem Frühstück auf der Terrasse gingen wir zum Schwimmen an den See, alberten im Wasser herum, setzten unsere ausgelassenen Spielchen auf dem Rasen hinter dem Haus fort und hatten viel Spaß miteinander und aneinander. Um glücklich zu sein, brauchten wir keine altrosa Bettwäsche, - das grüne Gras und der blaue Himmel über uns taten es auch. Ich hatte so etwas nie zuvor erlebt, und mir wurde bewusst, worauf man verzichtete, wenn es rund um die Uhr immer nur Stress und Hektik waren, die das Leben bestimmten. Inzwischen konnte ich Steven gut verstehen, und im Geheimen wurde mein Wunsch, es ihm eines Tages gleichzutun, immer größer.

Eines Tages. - Doch wann war das? Noch immer war ich viel zu sehr mit meiner Arbeit bei *Jocelyn* verwurzelt. Ich war bereit, eine Stufe zurückzuschalten, doch sie ganz aufzugeben kam für mich längst noch nicht in Frage.

Am besagten Montag flog ich nach Berlin und machte mich auf den Weg zum Alexanderplatz. Die Weltzeituhr war nicht nur ein berühmter Treffpunkt, sie war auch eines der markantesten Wahrzeichen der Stadt, das viele Besucher anlockte. Ich war gespannt, ob ich den Mann mit der CD aus den vielen Menschen herausfinden würde. Ich hatte noch das unscharfe Foto vor Augen, das ich aus dem Netzwerk von ihm kannte.

Schon wollte ich unverrichteter Dinge wieder gehen, als ich ihn sah: Einen großen schlanken Mann, recht leger gekleidet, mit vollem dunklem Haar. Die CD hielt er wie unbeabsichtigt in der Hand, drehte sie fast gelangweilt hin und her.

Eine Weile beobachtete ich ihn aus einigen Metern Entfernung. Äußerlich schien er jünger zu sein, als ich erwartet hatte, doch ich konnte seine Gesichtszüge nicht erkennen. - War das Samuel Kant?

Ich bahnte mir einen Weg durch die Besucher, bis ich fast hinter ihm stand. „Schön, dass Sie kommen konnten", sagte ich so, dass er es hören mußte. Er fuhr herum, starrte mich an.

Und ich starrte zurück. Alles Blut war mir aus dem Gesicht gewichen, denn das war… Jannis. Älter natürlich als der Jannis, den ich kannte und der in meiner Cyberwelt auf mich wartete, - und doch war es unverwechselbar Jannis.

Er lachte, als er meinen erschrockenen Blick bemerkte, und das war das typische Lachen, das ich an Jannis so sehr liebte, - und das mich in diesem Augenblick noch mehr verwirrte.

„Sie schauen mich an, als hätten Sie einen Geist gesehen", meinte er amüsiert. „Wer sind Sie überhaupt, und was wollen Sie von mir?"

Es dauerte eine Weile, bis ich meine Fassung zurückgewonnen hatte. „Samuel Kant? Sind Sie Samuel Kant?"

Er nickte. „Ja, das bin ich."

Dann lachte er erneut und schlug sich die Hand vor die Stirn. „Oh, ich verstehe, Sie haben den Kunstmaler erwartet, stimmt's?"

„Sind Sie das nicht?", fragte ich, noch immer völlig durcheinander. Dabei sah ich doch mit eigenen Augen, dass er nicht der Kunstmaler war, den ich vom unscharfen Foto her kannte.

„Nein, der bin ich nicht. Der Zufall wollte es, dass wir den gleichen Namen haben. Was natürlich schon oft zu Verwirrungen geführt hat. Ich bin Schauspieler, und mit der Malerei habe ich so gar nichts am Hut."

„Aber…" Ich wußte nicht, was ich sagen sollte.

„Wir sind es inzwischen gewöhnt, der Maler und ich, dass wir miteinander verwechselt werden, wenn es nur um den Namen geht. Deshalb benachrichtigen wir uns gegenseitig, wenn wir glauben, dass jemand eigentlich den anderen von uns gemeint hat.“

Er lachte wieder, und dieses Lachen trug nicht gerade zu meiner Entspannung bei.

„Sie haben nach Jannis Brega gefragt, - warum?“, wollte er dann wissen.

„Ich habe den Film *Gewitterregen* gesehen.“

„Oh mein Gott, *wo* haben Sie den gesehen?“

„Er war im Nachlass meiner Mutter.“

Nun war er ganz ernst geworden. „Ihrer Mutter? Wer war denn Ihre Mutter?“

„Miranda Vanderbild.“

Es schien, als ob jetzt *er* es sei, der um eine Spur blasser geworden war.

Er starrte mich an. „Haben Sie einen Augenblick Zeit? Können wir irgendwo miteinander reden?“, fragte er.

„Natürlich.“ Inzwischen hatte ich mich wieder gefangen, und ich war neugierig auf das, was er mir würde erzählen können.

Auf der anderen Seite vom Alexanderplatz gab es ein Straßencafé, dort fanden wir einen Tisch, von dem aus man den ganzen Platz überblicken konnte. Doch weder er noch ich waren wirklich daran interessiert, was sich auf dem Alex abspielte.

Wir bestellten uns beide einen Kaffee. Ich registrierte, dass er weder Milch noch Zucker nahm. „Schwarz wie die Nacht“, sagte ich und mußte lächeln in Erinnerung an *meinen* Jannis. Auch er lächelte. „Ja, schwarz wie die Nacht. Wie immer."

Ich wollte nicht lange um den heißen Brei herumreden.

„Jannis Brega, das sind also Sie?", fragte ich ihn, obwohl mir das von der ersten Sekunde an, als ich ihn gesehen hatte, klar gewesen war.

Er nickte. „Ja. Das war, wenn Sie so wollen, mein Künstlername damals. Als ich später zum Theater ging, wollte ich nicht, dass man mich mit dem *Gewitterregen* in Verbindung brachte."

„Aber warum nicht? Mir hat der Film gefallen." Das sagte ich so dahin, obwohl es eigentlich nur Jannis gewesen war, der mir wirklich gefallen hatte. Wenn ich ehrlich war, mußte ich sogar zugeben, dass ich den Film an sich bei weitem nicht so gut gefunden hatte, als dass er besondere Aufmerksamkeit verdient hätte.

Mein Gegenüber musterte mich eindringlich. „Und Sie sind also Mirandas Tochter?"

Ich nickte. „Ja."

Dann wandte er den Blick von mir ab und starrte eine Weile ins Leere. „Miranda," sagte er gedankenverloren, „was für eine schöne Frau sie war."

„Ja, das war sie."

„Sie haben viel von ihrer Schönheit geerbt."

„Wie auch meine Schwester Ramina. Sie vielleicht noch mehr, als ich."

Er lächelte mich an. „Ist das überhaupt möglich?", schmeichelte er mir.

Ich spürte, dass ich allmählich nervös wurde in seiner Gegenwart, deshalb konzentrierte ich mich wieder auf die Fragen, die ich ihm stellen wollte und unterbrach ihn unvermittelt. „Welche Rolle hat meine Mutter für Sie gespielt?"

„Ich habe sie geliebt", war seine Antwort.

„Weil sie Ihnen finanziell geholfen hat?"

Er schüttelte heftig den Kopf. „Nein, weil sie die schönste Frau gewesen ist, die ich jemals gesehen habe."

„Aber sie war verheiratet, hatte einen Mann und Kinder."

„Das hat mich nicht daran gehindert, sie zu lieben."

„Und sie? Meine Mutter?"

„Sie hat wohl ein gewisses Potential an Schauspieltalent in mir entdeckt."

Es machte mich nervös, ihn anzusehen. „Und das war alles?"

„Ich weiß nicht, was Sie meinen."

„Ich denke, Sie wissen genau, was ich meine."

„Und was erwarten Sie, was ich darauf antworte?"

Ich seufzte. „Wahrscheinlich so oder so nicht die Wahrheit", sagte ich leise.

Er lächelte und schwieg.

Inzwischen war ich mir fast sicher, dass er der Liebhaber meiner Mutter gewesen war, warum sonst hätte sie alles, was sie an ihn erinnert hatte, verstecken sollen? Und die Spuren auf der Mappe und deren Inhalt zeigten doch, dass sie sie wieder und wieder zur Hand genommen haben mußte.

Oh Mama, dachte ich in diesem Augenblick, ich kann dich so gut verstehen, es ist etwas ganz Besonderes, einen solchen Mann zu treffen. Ich wußte, welcher Zauber damals auf sie gewirkt haben mußte, damals, als er noch jung war und den Film gedreht hatte. Denn genauso kannte und liebte ich ihn ja jetzt auch.

Und dennoch..., dieser Mann, der mir nun gegenübersaß, hatte, trotz der Jahre, die inzwischen vergangen waren, kaum etwas von der Faszination eingebüßt, die er auf eine Frau ausübte. Er war nicht mehr derselbe wie damals, und doch hatte er noch immer diesen ganz eigenen Charme.

Es war nicht viel, was er mir über seine Kindheit und seine Jugendzeit erzählen konnte. Er war in Bochum geboren und war dort in bescheidenen Verhältnissen großgeworden. Als er zwölf war, war sein Vater, der als Bergmann gearbeitet hatte, bei einem Grubenunglück ums Leben gekommen. Geschwister hatte er keine, und bis zum Tode seiner kranken Mutter vor zehn Jahren hatte er sie regelmäßig unterstützt.

Das war ein ganz anderer Lebenslauf, als der, den DAS TEAM *meinem* Jannis aufgrund des Films *Gewitterregen* einprogrammiert hatte.

Wir trennten uns, nachdem wir unsere Telefonnummern und unsere e-Mail-Adressen ausgetauscht hatten. Ich hatte ihm meine aktuelle Mail-Adresse und die Nummer meines Festnetzanschlusses gegeben, denn meine Handynummer war eigens für Jocelyn reserviert.

Eigentlich sah ich keinen Sinn in dieser Aktion, denn da ich jetzt wußte, was ich hatte wissen wollen, gab es für mich keinen Grund mehr für ein weiteres Treffen. Ich brauchte ihn nicht, denn ich hatte ja *meinen* Jannis und konnte bei ihm sein, wann immer ich wollte.

Ich überlegte, ob ich meinen Geschwistern von der Begegnung mit Samuel Kant erzählen sollte, tat es dann aber nicht. Sie hatten sich nie wirklich für die im Versteck gefundene Mappe interessiert, hatten sie bereitwillig mir zur Aufbewahrung überlassen und wussten somit so gut wie gar nichts über ihren Inhalt.

Ich war ein bisschen zerstreut, als ich nach der Begegnung in Berlin zurück in meine Cyberwelt kam. Möglicherweise habe ich Jannis an diesem Tag anders angesehen, als sonst, weil ich auch sein älteres Ich vor Augen hatte und beide miteinander verglich.

Er nahm mich in den Arm und hielt mich ganz fest. „Ich dachte schon, du kämst nicht zurück.“

„Warum dachtest du das?“

„Ich weiß es nicht. Ich hatte so ein seltsames Gefühl.“

„Was für ein Gefühl denn, Jannis? Es gibt keinen Grund für mich, *nicht* zurückzukommen.“

„Ich dachte, vielleicht hast du einen anderen Mann kennengelernt.“

War es Zufall, dass er das gerade fragte, als ich von einem Treffen mit dem anderen Jannis zurückgekehrt war? Oder gab es so etwas, wie ein Empfinden oder Ahnen, so ein fernes Erinnern, das man ihm ein-programmiert hatte? Ich fragte mich, ob das speziell bei den Modellen so war, die man sich selbst, nach einem bestimmten Vorbild, ausgesucht hatte? Oder bildete ich mir das alles nur ein? - Ich dachte, dass ich mich vielleicht einmal mit Dr. Wilhelm darüber unterhalten sollte.

Zärtlich fuhr ich Jannis durch das dunkle Haar und küsste ihn.

„In meiner Arbeitswelt lerne ich so viele Männer kennen, Jannis, aber kein einziger könnte mich davon abhalten, zu dir zurückzukommen."

Seine Hände fuhren unter mein T-Shirt und streichelten mich. „Ich wüsste nicht, was ich tun sollte ohne dich."

In diesem Augenblick klingelte mein Handy, das noch in meiner Hosentasche steckte. Es war das Chip-Handy, dessen Nummer ich Samuel Kant gegeben hatte, als ich noch nicht wußte, wer er war, und als auch er noch nicht wissen sollte, dass ich Agneta Vanderbild hieß. Ich erschrak ein bisschen und wußte nicht, wie ich mich verhalten sollte. In der Realität saß ich ja auf meinem speziellen Stuhl und hatte den Helm auf dem Kopf. Mußte ich die Sitzung jetzt abbrechen? Oder wurde sie ganz automatisch von selbst abgebrochen? Gleichzeitig spürte ich Jannis' Blick, und so tat ich das einzig richtige, was ich in dieser Situation tun konnte: Ich klickte das Gespräch weg und schaltete das Handy aus.

„Wer war das?" fragte mich Jannis.

Ich hob die Schultern. „Ich weiß nicht, ich habe abgeschaltet ohne draufzuschauen. Ich will nicht, dass uns hier jemand stört."

„Da ist doch jemand, der dich…"

„Nein, Jannis, da ist niemand. Du bist der einzige, der mir wichtig ist."

Ich legte die Arme um seinen Hals und küsste ihn. Nicht nur flüchtig, sondern so, dass all seine Zweifel verfliegen mussten.

Ich ärgerte mich über mich selbst, weil ich vergessen hatte, das Handy aus meiner Hosentasche zu nehmen, -

und dann hatte ich es auch noch eingeschaltet gelassen. Wie hatte mir das nur passieren können.

Am Abend zu Hause läutete dann das Telefon meines Fenstnetzanschlusses. Es war Samuel Kant.

„Ich entschuldige mich, falls ich Sie heute Nachmittag gestört haben sollte", meinte er. „Ich habe ein paarmal *diese* Nummer gewählt, aber da Sie scheinbar nicht zu Hause waren, habe ich es mit der Handy-Nummer versucht."

„Das war ein ungünstiger Augenblick, ich konnte nicht reden."

„Das dachte ich mir schon, und ich entschuldige mich noch einmal dafür. Ich habe Ihnen nur sagen wollen, dass ich Sie gern einmal zum Essen einladen würde. Es gibt wahrscheinlich doch noch das eine oder andere, worüber wir uns unterhalten könnten."

Ich war ein bisschen hin- und hergerissen. Eigentlich hatte ich nicht vor, Jannis zu hintergehen, - und ich sah es ihm gegenüber tatsächlich als eine Art Unehrlichkeit an, wenn ich mich jetzt mit Samuel Kant zum Essen traf. Dennoch mußte ich mir eingestehen, dass mich dieser Mann auch reizte, weil er einerseits ein Teil von Jannis war, andererseits aber auch ein völlig Fremder. Und vielleicht konnte er mir tatsächlich noch das eine oder andere über Jannis erzählen, was ich noch nicht wußte.

„Ich hätte nichts dagegen", gab ich ihm zur Antwort.

„Wäre es Ihnen möglich, nach Frankfurt zu kommen?"

„Nach Frankfurt? Warum das?"

„Ich bin dort an einem kleinen Theater engagiert und wohne auch dort. Ich würde Sie zu einer meiner

Vorstellungen einladen, und anschließend könnten wir in meinem Stamm-Restaurant zu Abend essen."

Ich überlegte. Das klang nicht schlecht, dachte ich. Und in Frankfurt wäre ich mit dem Flieger genauso schnell, wie in Berlin.

„Gut, ich bin einverstanden. Und wann?"

Wir vereinbarten einen Abend eine Woche später, den ich in meinen Terminkalender eintrug. Es war keiner der Tage, die ich teilweise bei Jannis verbrachte.

Fast hatte ich ein schlechtes Gewissen, als ich das nächste Mal in meiner Cyberwelt ankam. Ich machte mir Vorwürfe, weil ich das Handy nicht ausgeschaltet hatte und konnte verstehen, wie sehr ich Jannis damit verwirrt haben mochte. Und nun hatte ich auch noch die Verabredung mit Samuel Kant zum Essen in Frankfurt angenommen. Zum Glück wußte er nichts davon. Dennoch wunderte ich mich, dass Jannis stiller und zurückhaltender war als sonst. Er küsste mich nur flüchtig und nahm sich dann ein paar Arbeiten vor, über die wir kurz zuvor gesprochen hatten: Auf der Terrasse waren ein paar Steine locker, eines der Fenster klemmte, und die Tür zur Küche quietschte. Schweigend brachte er alles wieder in Ordnung. Danach lief er allein zum See hinunter.

Ich nahm mir vor, Steven zu fragen, ob Mewa manchmal genauso sensibel reagierte, oder ob das etwas war, was dem TEAM anhand der Rolle im *Gewitterregen* an Jannis aufgefallen war, und von dem sie der Meinung gewesen waren, dass es unbedingt zu ihm gehörte.

Es tat mir weh, ihn einsam und allein am Bootssteg sitzen zu sehen, deshalb ging ich ihm nach und setzte mich neben ihn. „Willst du mit mir reden?", fragte ich ihn.

„Was gibt es da zu reden. Irgendetwas stimmt mit dir nicht."

„Das ist Unsinn, wie kommst du bloß darauf."

„Ich fühle es."

„Dann täuscht dich dein Gefühl."

„Ich werde beim Team anrufen und sie bitten, dir jemand anderen zu schicken."

‚Oh mein Gott, nicht schon wieder!', dachte ich. Und weil ich mich tatsächlich ein bisschen darüber ärgerte, schlug mit der Faust auf die Holzplanken des Bootsstegs. „Nein, verdammt noch mal, das wirst du *nicht* tun!", rief ich.

Er schaute mich erschrocken an.

„Du sagst mir, dass mit mir etwas nicht stimmt", redete ich weiter, „dabei bist es doch *du*, mit dem etwas nicht stimmt. Ich will niemand anderen, verstehst du das? Ich will nur dich, und ich habe immer nur dich gewollt, von Anfang an. Und jetzt machst du alles kaputt mit deinem blöden Gefühl…"

Ich spürte, wie mir Zornestränen in die Augen treten wollten und versuchte, sie mit dem Handrücken rechtzeitig zurückzuhalten. Ich hatte selbst nicht gewußt, dass mir eine solche Auseinandersetzung so an die Nieren gehen würde.

„Agneta." Seine Hand tastete sich vorsichtig zu mir herüber, aber ich ärgerte mich noch immer.

„Nichts Agneta!", sagte ich heftig. „Ich bin hierhergekommen, um in Ruhe und Frieden mit dir zusammen zu sein, fernab von all dem Stress und der Hektik im Arbeitsleben. Und was finde ich hier? Einen eifersüchtigen Jannis, der seinen seltsamen Gefühlen mehr traut, als wenn ich ihm sage, dass ich ihn liebe."

Aber mir war etwas eingefallen. Hatte es nicht auch im *Gewitterregen* eine ähnliche Szene zwischen Jannis und Sabrina gegeben? Du lieber Himmel, dachte ich, hatten denn die Leute vom TEAM tatsächlich *alles* von ihm verwertet, was sie durch den Film herausgefunden hatten? Auf solche Szenen hätte ich gern verzichtet. Doch zumindest wußte ich nun, wie es dazu kommen konnte, und dass es keinen Grund für mich zur Besorgnis gab. Im Gegenteil. Obwohl ich innerlich lächeln mußte, schlug ich theatralisch die Hände vors Gesicht, und diese Geste verfehlte ihre Wirkung nicht. Ich blinzelte durch die Finger und sah, wie bestürzt er war.

Er nahm mich in den Arm. „Verzeih mir", flüsterte er, er nahm mir die Hände vom Gesicht und küsste mich. „Ich liebe dich doch auch, Agneta, aber ich könnte es nicht ertragen, wenn es jemand anderen für dich gäbe."

Ich schaute ihn eindringlich an. „Tu das nie wieder, Jannis", sagte ich zu ihm, „verlass dich nie wieder auf solch dumme Gefühle, ohne vorher mit mir darüber zu reden, ok?"

„Ja, ich verspreche es."

VIII.

Die *Weber-Bühne* in Frankfurt war ein kleines gediegenes Theater mit nur 150 Sitzplätzen, - das hatte ich aus einem Prospekt entnommen, den ich mir im Hotel am Frankfurter Flughafen hatte geben lassen. Ich war gespannt auf diesen Abend.

Samuel Kant meldete sich telefonisch im Hotel und teilte mir mit, dass er mich leider nicht abholen könne, da er sich auf seine Rolle vorbereiten müsse. Er versprach aber, mir ein Taxi zu schicken.

Ich war es nicht gewohnt, Theatervorstellungen zu besuchen. Nicht allein, dass mir dafür eh' die Zeit gefehlt hätte, ich hatte mich auch nie für diese unrealistischen oder gar übertriebenen Szenen auf einer Bühne begeistern können.

Den Innenraum des Theaters fand ich allerdings sehr hübsch. Die roten Plüschsessel wirkten gemütlich, und der tiefrote Samtvorhang vor der Bühne machte neugierig auf das, was da kommen würde.

Das Stück hieß *Die verpasste Hochzeit*. Um ehrlich zu sein, es gefiel mir überhaupt nicht, weil es schrill und albern und viel zu überzogen war. Trotzdem war es sehr aufschlussreich für mich, weil es mir Gelegenheit gab, Samuel zu beobachten, der den Vater der Braut spielte. Und tatsächlich, in jeder seiner Bewegungen fand ich Jannis wieder.

Auch später, als wir uns in seinem Stamm-Restaurant gegenübersaßen, konnte ich kaum den Blick von ihm wenden. Er mußte jetzt Mitte fünfzig sein, doch für sein Alter war er noch immer ein sehr attraktiver Mann. Natürlich fehlte ihm ein wenig vom Schmelz der Jugend, er war älter und reifer geworden, aber er hatte noch immer dieses volle dunkle Haar, seine schmalen Augen zeigten unmissverständlich, dass er mich mochte, und wenn sich seine Lippen beim Lächeln auf einer Seite ein wenig nach oben schoben, dann schaffte er es immer noch, dass mein Herz in Aufruhr geriet. Er war Jannis, - und doch gab es etwas an ihm, was Jannis nicht hatte. Nur war ich mir nicht ganz sicher, ob ich das wollte oder nicht. Die Entscheidung nahm er mir ab, als er mich nach dem Essen im Taxi zum Hotel begleitete. Eigentlich gefiel mir das nicht, aber er hatte unbedingt darauf bestanden.

„Ich kann dich doch jetzt nicht allein fahren lassen", hatte er gemeint und war zu mir ins Taxi gestiegen. Das *du* hatte sich während des Essens ergeben, als wir bei einem Glas Rotwein miteinander angestoßen hatten. Ihn zu duzen war mir nicht schwergefallen, das einzige, woran ich mich nicht recht gewöhnen konnte, war, ihn Samuel zu nennen.

Vor meinem Hotelzimmer blieb ich stehen und wollte mich von ihm verabschieden.

„Danke für den schönen Abend", sagte ich, „es war wirklich interessant, ein bisschen mehr über dich und dein Leben zu erfahren."

Ich nahm die Chipkarte für die Tür aus meiner Handtasche, doch ehe ich es recht begriff, hatte er sie mir aus der Hand genommen und die Tür geöffnet. Und während er mich stürmisch umarmte, während er mich heftig und voller Leidenschaft küsste, drängte er mich mit sanftem Druck in das Zimmer hinein. Eine Sekunde lang wußte ich nicht, wie ich reagieren sollte, doch dann spürte jede Faser in mir: Das war Jannis! Ein anderer Jannis zwar, - kraftvoller, rücksichtsloser, unduldsamer und härter als der, den ich kannte, aber eben doch Jannis, und ich war unfähig, mich gegen ihn zu wehren.

Am nächsten Morgen flog ich zurück. Wir hatten keinen festen Termin für ein Wiedersehen ausgemacht.

„Ich ruf dich an", hatte er gesagt. Dann hatte er mich noch einmal geküsst und war gegangen.

Während des Fluges kamen mir die Tränen, mir war selbst nicht klar, warum. Weil ich *meinen* Jannis betrogen hatte? Weil ich, ob ich wollte oder nicht, auch diese Nacht im Hotel genossen hatte und nie würde vergessen können? Eine ganz andere Nacht, als die, die ich in meiner Cyberwelt erlebte, und doch...

Ich überlegte, ob ich diesmal eine verlängerte Zeit in der Cyberwelt verbringen sollte, - quasi als Sühne für meinen Fehltritt. Jannis würde sich freuen, und noch waren ja die vier Wochen, die mir Jocelyn gewährt hatte, nicht abgelaufen.

Als ich ankam, hatten sich über dem See und über der Hügelkette dunkelgraue Wolken gebildet, und von ferne hörte man schon leises Donnergrollen.

Jannis kam vom See her über die Wiese, und ich ging ihm entgegen.

Er lachte. „Da bist du ja. Wie geht's dir denn heute, mein Herz? Wenn du jemanden brauchst, der dich ein bisschen aufmuntert, dann bin ich genau der Richtige."

Ich lächelte und küsste ihn. „So jemanden brauche ich tatsächlich heute. Mir gehen zurzeit allerhand Sachen durch den Kopf, die da nicht reingehören."

Er strich mir das Haar aus der Stirn. „Willst du darüber reden?"

Ich schüttelte den Kopf. „Du kennst dich zu wenig aus in meinem Job, um zu verstehen, was mich ärgert. Da gibt es eine Kollegin, die mir gern meinen Platz streitig machen würde…"

Ich dachte an Pamela, obwohl es im Augenblick gar nicht sie war, die mir die größten Sorgen bereitete. Im Gegenteil. Seit ich mit Jocelyn übereingekommen war, dass ich die Auszeit nehmen würde, war Pamela in meinem Bewusstsein immer weiter in den Hintergrund gerückt. Sollte sie doch die Nummer 1 werden, wenn ihr so viel daran lag, dachte ich. Ich hatte es so satt, dauernd mit ihr darum zu wetteifern, wen Jocelyn letztendlich neben sich auf den Thron setzte. Seit ich herausgefunden hatte, wie schön es war, einfach etwas zu unternehmen, ohne vorher abwägen zu müssen, ob es sich mit meinen Aufgaben in der Firma vereinbaren ließ oder nicht, nahm ich mir vor, mich nie wieder so unter Stress setzen zu lassen, wie früher. Ich war nach Berlin geflogen, nach Frankfurt, und ich hatte mit Dr. Wilhelm vereinbart, eine ganze Woche lang mit Jannis in meiner Cyberwelt zu verbringen. Und diese Zeit wollte ich genießen und niemandem Rechenschaft darüber ablegen.

„Das wird sie nicht schaffen, oder?", fragte Jannis und nahm das Gespräch über Pamela wieder auf. Ich mußte lächeln, weil er versuchte, mir Mut zu machen. „Bestimmt ist sie nicht halb so gut wie du."

„Klar bin ich besser als sie", lachte ich, „aber trotzdem werde ich ihr für eine gewisse Zeit meinen Platz überlassen, weil ich etwas viel Besseres vorhabe. Ich werde nämlich die ganze nächste Woche in meinem kleinen Haus am See verbringen, mit dem einzigen Menschen, der mir wirklich etwas bedeutet."

In diesem Augenblick fuhr ein greller Blitz aus den dunklen Wolken über dem See, und erneut grollte ein Donner.

Jannis stand da und schaute mich an. Im ersten Augenblick wußte ich nicht, ob ihn der Blitz erschreckt hatte, oder das, was ich gerade gesagt hatte.

„Die ganze Woche?", fragte er leise.

Ich nickte. „Ja, die ganze Woche."

„Von morgens bis abends, ohne zwischendurch wegzumüssen?"

Ich lachte. „Ja, ohne zwischendurch wegzumüssen."

Er stieß einen Freudenschrei aus, nahm mich in den Arm, hob mich hoch und wirbelte mich herum. Und in diesem Augenblick fuhr ein heftiger Windstoß über die Baumwipfel, und die ersten Regentropfen fielen vom Himmel. Große dicke Regentropfen, die uns innerhalb weniger Augenblicke völlig durchnässten.

„Oh mein Gott, Agneta! Wie ich dich liebe!", jubelte er, und ich erwiderte seine Küsse und versicherte ihm: „Ich liebe dich auch, Jannis."

Und das war die Wahrheit.

Hand in Hand liefen wir im Regen zum See hinunter, begleitet von Blitzen und Donnergrollen. Wir rannten den Bootssteg entlang und sprangen mitsamt unseren Kleidern ins Wasser.

Steven hatte recht, dachte ich in diesem Augenblick glücklich, eigentlich brauchten wir die reale Welt da draußen gar nicht mehr.

Und doch spürte ich, dass ich immer noch nicht ganz so weit war, wie mein Bruder. Es gab noch so vieles zu bedenken.

Die Woche mit Janis zusammen in der Cyberwelt hatte mich verändert. Als ich danach den *Friedenspfad* verließ und zurück in meine Stadtwohnung fuhr, fühlte ich mich innerlich völlig zerrissen. Ich wußte nicht mehr, wo ich stand, wo ich hingehörte. Sollte ich zu Jocelyn zurückkehren? Oder wollte ich Pamela tatsächlich meinen Platz überlassen? Irgendwie hatte ich meinen Ehrgeiz verloren, meinen Kampfgeist. Was brachte es mir, die Nummer 1 zu sein, wenn es die Nummer 2 oder gar die Nummer 3 auch tat?

Jeder, der einmal Urlaub gemacht hat, weiß, wie schwer es ist, danach wieder seine Arbeit aufzunehmen. Ich hatte nie zuvor richtigen Urlaub gehabt, hatte ihn weder gebraucht noch gewollt. Die Reisen, die andere auf sich nahmen, um vom Arbeitsleben abzuschalten, hatten zu meinem Beruf gehört, und ich hatte sie genossen.

Nun aber hatte ich das erste Mal erlebt, wie schön es sein konnte, morgens neben dem Menschen aufzuwachen den man liebte, zusammen mit ihm im Sonnenschein zu frühstücken, einen ganzen Tag vor sich zu haben, um zu schwimmen, Boot zu fahren oder anderen Spaß zu haben. - Sorgen? Worüber sollte man sich Sorgen machen, wenn man im Augenblick eh' nichts tun konnte? Dafür war später noch Zeit. - Und später…? Später schien dann auf einmal gar nichts mehr so wichtig zu sein.

Da saß ich nun allein in meinem eigentlichen Zuhause und dachte nach. Stunde um Stunde, schließlich ging es um mein Leben. Egal um welches. Und nachdem ich alle Für und Wider durchdacht und abgewogen hatte, kam ich zu dem Schluß: Es war einfach noch zu früh, um alles, was ich im Berufsleben erreicht hatte, aufzugeben. Ich durfte es nicht wegwerfen. Nicht jetzt schon.

Und dann rang ich mich zu einer ganz gravierenden Maßnahme durch: Ich rief Dr. Wilhelm an und bat ihn, mein Cyber-Projekt Nr. X-MH46 vorerst auf Eis zu legen.

Er war erstaunt, wußte im ersten Augenblick nicht, was er dazu sagen sollte. „Frau Vanderbild, ich hoffe doch, es liegt nicht an uns. Gab es etwas, womit Sie nicht zufrieden waren? Haben wir etwas falsch gemacht? Entsprach irgendetwas nicht Ihren Vorstellungen? Wir hätten doch darüber reden können…"

„Nein, nein, Herr Doktor, es lag nicht an Ihnen. Meine Cyberwelt ist wunderbar, sie ist ein Traum. Aber gerade das ist es, was mich veranlasst, eine Weile ohne sie auszukommen. Es gibt für mich noch so vieles zu tun in der realen Welt. Noch bin ich jung und gesund, - ganz sicher werde ich eines Tages dankbar auf Ihr Angebot zurückkommen, aber jetzt…"

„Ich verstehe Sie sehr gut, Frau Vanderbild. Haben Sie schon mit Ihrem Bruder darüber gesprochen?"

Natürlich hatte ich auch schon daran gedacht, mit Steven darüber zu reden. Aber ob er nachempfinden konnte, wie ich mich fühlte? Vielleicht hatte es für ihn auch schon solche Phasen gegeben, in denen er sich lieber für die Realität entschieden hätte, aber… Hatte er jemals seinen Job, seine Arbeit so geliebt, wie ich es tat?

„Ich werde mit ihm reden", sagte ich zu Dr. Wilhelm, „aber ich glaube nicht, dass er meine Meinung ändern kann."

„Und wie lange hatten Sie gedacht…?"

„Vielleicht ein halbes Jahr", antwortete ich, aber darüber war ich mir selbst noch nicht im Klaren.

Er seufzte. „Also gut, Frau Vanderbild, es ist Ihre Entscheidung. Aber bitte geben Sie uns rechtzeitig bescheid, bevor Sie zurückkommen und wieder ein Zimmer benötigen. Die Zahl unsere Mitglieder wächst nämlich von Monat zu Monat ganz erheblich…"

Ich nickte. „Ich werde mich rechtzeitig bei Ihnen melden. Und nochmals vielen Dank für alles, Herr Dr. Wilhelm."

Ich hätte mich nicht zu bedanken brauchen, denn für alles, was ich von ihm und dem TEAM erhalten hatte, hatte ich eine Menge Geld hingelegt. Und selbst nach meinem Ausstieg wurde noch eine gewisse monatliche Gebühr dafür fällig, damit ich eines Tages zurückkommen durfte.

Als nächstes rief ich Jocelyn an. Ihr konnte ich natürlich nicht sagen, wie ich mich wirklich fühlte und wie schwer mir ums Herz war, denn von der Cyberwelt hatte sie ja keine Ahnung. Ihr mußte ich die genesene Mitarbeiterin vorspielen, die es kaum erwarten konnte, sich erneut in die Arbeit zu stürzen, die den Kampf aufnehmen würde mit allen Pamelas der Welt. Und das gefiel ihr natürlich.

Wie gern hätte ich auch eine Möglichkeit gefunden, mit Jannis zu reden, um ihm zu sagen, dass es nicht seine Schuld war, sondern dass ich ihn liebte und dass ich ganz sicher eines Tages zurückkommen würde. Ich musste weinen, wenn ich an ihn dachte, weil ich wußte, dass ich ihn ganz schrecklich vermissen würde.

Trotz allem dauerte es nicht lange, bis mich mein altes Leben scheinbar zurückhatte, bis ich wieder im alten Trott war, mitten drin in Hektik und Stress und auf der ganzen Welt unterwegs. Ich war wieder die Nummer 1 geworden, hatte Pamela in ihre Schranken verwiesen, und Jocelyn war zufrieden mit mir.

Die Zeit verging wie im Fluge. Fast war das halbe Jahr vergangen, und ich schob die Entscheidung darüber, wie es weitergehen sollte, immer wieder hinaus.

Der Zufall wollte es, dass ich im Rahmen einer Modenschau wieder einmal in Rom zu tun hatte, und während ich mich dort um die Models und ihre Vorführgarderobe kümmerte, stand ich plötzlich einem alten Bekannten gegenüber: Giovanni DaLuca.

„Oh, mia Bella, Agneta mein Engel. Wie lang ist es her!" Und begeistert und temperamentvoll nahm er mich in seine Arme und wollte nicht mehr aufhören, seine Küsschen auf mir und an mir zu verteilen. Auch ich freute mich, ihn zu treffen, denn immerhin hatten wir einen Sommer lang eine wunderschöne und stürmische Zeit miteinander verlebt.

Das Hotel, in dem ich abgestiegen war, kannte ich noch von früher, und natürlich war auch Giovanni seiner alten Gewohnheit treu geblieben und hatte in diesem Hotel eingecheckt. So kam es, wie es kommen mußte, wir frischten alte Erinnerungen auf und verbrachten die Nacht miteinander, - und das war gut so. Ich wollte nicht an Jannis denken. Dies hier war eine andere Zeit, ein anderer Ort und ein anderer Mann, und Giovanni war genau der Richtige dafür.

Fast sah es tatsächlich so aus, als hätte mich mein altes Leben zurück. - Und doch…, irgendwie war alles ein bisschen anders, als zuvor. Obwohl ich glaubte, wieder die alte Agneta zu sein, fiel es mir inzwischen immer schwerer. Selbst, wenn ich mir einreden wollte, dass *dies* genau das Leben war, das für mich bestimmt war und das ich mir wünschte, - ich war nicht mehr dieselbe. Mein Herz war gebrandmarkt, es hatte an Kälte und Härte verloren. Und immer war da noch der Hauch von Sehnsucht nach meiner Cyberwelt, nach Jannis und seiner Liebe, auch wenn ich versuchte, jeden Anflug von Erinnerungen daran zurückzudrängen.

IX.

Die Modenschau in Rom war ein voller Erfolg gewesen. Stürmisch hatte sich Giovanni von mir verabschiedet, nicht ohne mir wortreich und temperamentvoll nahezulegen, dass wir uns unbedingt demnächst noch einmal treffen sollten. Er winkte mir nach, als ich ins Taxi stieg, um zum Flughafen zu fahren.

Die nächste Station war Mailand, dort wollte Jocelyn auf mich warten, weil sie mich bei einer Unterredung mit Lola Parisi, einer bekannten italienischen Mode-Designerin dabeihaben wollte. Mir blieb nicht viel Zeit, weil der Flug nach Mailand bereits in einer Stunde fällig war.

Auf dem Weg zum Flughafen schnarrte mein Handy, eine SMS war eingegangen.

„Mailand fällt aus, stattdessen die Besprechung in München vorziehen", las ich.

„Verdammt", murmelte ich ärgerlich, das brachte meinen ganzen Plan durcheinander. Ich mußte den Flug nach Mailand annullieren und versuchen, so schnell wie möglich eine Maschine nach München zu bekommen.

Doch es war nicht das erste Mal, dass ich mich auf solche Änderungen einzustellen hatte. Jocelyn nahm nie besonders viel Rücksicht darauf, ob uns spontane Abweichungen vom Programm gelegen kamen oder nicht.

Doch es klappte besser, als ich gedacht hatte. Ein wenig nervös, aber gerade noch rechtzeitig, landete ich ein paar Stunden später in der Bayerischen Hauptstadt. Die

Besprechung sollte um 15 Uhr im *Jocelyn-Modedepot* in Schwabing stattfinden, doch als ich mit dem Taxi vorfuhr, wunderte ich mich, dass von der üblichen Hektik, die dort stets vor einer Besprechung oder einem Event herrschte, nichts zu spüren war. Einige Leute vom Wartungspersonal musterten mich neugierig, konnten mir aber auch nicht sagen, wo irgendetwas stattfinden sollte. Ich schwankte zwischen Zorn und Panik, spürte Schweißperlen auf der Stirn, und während ich noch überlegte, was ich tun sollte, meldete sich mein Handy.

Es war Jocelyn. „Um Gottes Willen Agneta, wo bleibst du denn!"

Ich war verwirrt. „Ich bin doch hier, Jocelyn. Aber wo seid ihr?"

„Was, um alles auf der Welt heißt ‚*hie*r'? Verdammt, wo bist du denn?"

„Hier in München, wie du es angeordnet hast."

„In München? Ich soll das angeordnet haben?" Sie lachte hysterisch. „Wie kommst du denn bloß darauf? Es war doch klar, zuerst Mailand, dann München."

Ich wußte nicht, was ich sagen sollte.

„Agneta, bist du noch dran?"

„Ja", stotterte ich, „Jocelyn, du hast mir heute früh eine SMS geschickt und mir mitgeteilt, dass München vorverlegt wird..."

„Niemals!", unterbrach sie mich ärgerlich.

Ich schluckte. Sollte ich mich tatsächlich verlesen haben? Oder hatte ich nicht genau genug erfasst, was sie mir tatsächlich geschrieben hatte? - Aber nein, das konnte nicht sein. Niemals.

„Ich schwöre, Jocelyn, ich habe eine solche SMS von dir bekommen. Ich werde es dir beweisen."

Sie seufzte tief. „Das kannst du nicht, weil ich sie dir nicht geschickt habe. - Aber das hilft jetzt alles nichts, Agneta. Ich hätte dich dringend hier gebraucht, und jetzt bist du nicht da. Also muß ich sehen, wie ich ohne dich klarkomme." Und während ich noch überlegte, wie ich am schnellsten nun doch noch nach Mailand kommen könnte, hörte ich sie hinzufügen: „Gott sei Dank ist Pamela da."

Ich spürte, wie mir eisige Kälte den Nacken hinaufkroch. Natürlich war Pamela zur Stelle gewesen. Immerhin hatte sie mich vier Wochen lang vertreten und kannte sich gut genug aus, um auch weiterhin meinen Platz einzunehmen.

Ich zerbrach mir den Kopf, wer außer ihr noch ein Interesse daran haben könnte, mich ins schiefe Licht zu rücken? Im Grunde waren wir alle hier Konkurrentinnen, - in mehr oder weniger gehobenen Positionen. Doch mir fiel keine der Kolleginnen ein, der ich ernsthaft zugetraut hätte, zu versuchen, mich auszubooten. Sollte tatsächlich Pamela dahinterstecken? Sollte sie so skrupellos gewesen sein und zu solch unfairen Mitteln gegriffen haben?

In einem Punkt war ich mir jedoch sicher: Das würde Folgen für sie haben. Falls sie tatsächlich etwas Derartiges gewagt haben sollte, dann gäbe es für Jocelyn nur eine einzige Möglichkeit, die Sache wieder in Ordnung zu bringen, sie mußte sie entlassen.

Zwar beruhigte mich dieser Gedanke ein wenig, doch zunächst mußte ich sehen, wie ich am schnellsten nach Mailand kam.

Natürlich war ich zu spät dran, und als ich in dort ankam, war das Treffen mit Lola Parisi längst gelaufen. Jocelyn konnte ihren Ärger nicht verbergen, und selbst, nachdem ich ihr die SMS gezeigt hatte, die angeblich von ihr gekommen war, war sie noch immer außer sich.

„Das ist eine dumme Sache, Agneta", sagte sie. „Selbst wenn es nicht deine Schuld war, so war es doch verdammt ärgerlich, weil die Sache nicht so gelaufen ist, wie wir es abgesprochen hatten. Du wärst mir lieber gewesen, als Pamela, das kannst du mir glauben, aber trotzdem war ich froh, dass wenigstens *sie* dabei war."

„Und was glaubst du, wer mir diese SMS geschickt hat?"

„Keine Ahnung, irgendwann müssen wir der Sache auf den Grund gehen. Aber im Augenblick habe ich weder die Zeit noch den Nerv dafür."

„Dann frag dich doch mal, wer einen Nutzen von meiner Abwesenheit gehabt haben könnte?" Nicht nur sie, sondern auch ich war zornig.

„Du meinst Pamela? - Aber nein, Agneta, das würde sie doch niemals tun."

„Nein? Niemals? Ich schätze mal, dann kann es nur unsere Putzfrau gewesen sein." Wütend wandte ich mich von ihr ab und ließ sie einfach stehen.

Und genau in diesem Augenblick ging ganz zufällig Pamela an mir vorüber. „Hi, Agneta, warst du krank? Wir haben dich sehr vermisst bei der Unterredung mit Lola Parisi."

Ich schaute sie gar nicht an, ich wollte ihr nicht den Gefallen tun, darauf zu antworten. Doch eines stand für mich fest, wenn sie es gewesen sein sollte, dann würde ich dafür sorgen, dass sie ihre gerechte Strafe bekam.

Das war jedoch gar nicht so einfach, weil Jocelyn weder die Zeit, noch die Lust zu haben schien, der Sache wirklich auf den Grund zu gehen.

„Da hat uns jemand eins auswischen wollen," meinte sie ein paar Tage später nur.

„Und wer, bitte schön?" fragte ich, aber sie hob nur die Schultern, und damit war die Sache für sie erledigt.

Sie forschte auch nicht nach, auf welche Weise eine Woche danach ein riesiger Kaffeefleck auf eine meiner Kreationen geraten war, als ich sie ihr präsentieren wollte, und auch nicht, als einige meiner Skizzen plötzlich verschwanden und unauffindbar waren.

Ich war so wütend, dass ich ihr eine Szene machte, - das war in all den Jahren zuvor nicht ein einziges Mal vorgekommen. Ich warf ihr vor, es einfach tatenlos hinzunehmen, dass solche mysteriösen Vorfälle in ihrem Unternehmen überhaupt stattfinden konnten. Sie hingegen hielt es eher für wahrscheinlich, dass ich den Kaffeefleck selbst verursacht und die Skizzen selbst verbummelt hatte. Und wie vorauszusehen gewesen war, nutzte Pamela den Streit zwischen uns und war mit einem triumphierenden Lächeln zur Stelle, wann immer Jocelyn sie brauchte.

Kurz darauf schickte mich Jocelyn mit einer ‚Sonderaufgabe' nach Frankfurt, doch mir war klar, dass sie es lediglich für besser hielt, wenn wir uns eine Weile nicht sahen. Es war keine weltbewegende Sache, die sie mir anvertraute, aber sie zog sich über zwei Tage hin, und da sie nicht über die Nachmittage hinausging, hatte ich abends Zeit, ganz persönlich etwas zu unternehmen.

Frankfurt! Da fiel mir natürlich die Weber-Bühne wieder ein. Ob Samuel noch immer dort engagiert war?

Irgendwann einmal hatte er sich wieder bei mir gemeldet und mich zu einem seiner Theaterstücke eingeladen, aber ich hatte abgelehnt. Ich war sicher gewesen, dass er davon ausgegangen war, ein neuerlicher Abend könnte nach demselben Muster ablaufen, wie der erste. Das aber wollte ich auf keinen Fall. Jedenfalls damals nicht. Doch nun saß ich allein in Frankfurt und dachte, sicher könnte es mich von dem Ärger mit Jocelyn ablenken, wenn ich mir eines der lustigen Stücke der Weber-Bühne ansehen würde.

Ich sagte Samuel nichts davon, dass ich in Frankfurt war. Ich dachte, wenn ich nach dem Theaterstück tatsächlich Lust verspüren sollte, ihn zu treffen, dann könnte ich ihn immer noch überraschen.

Inzwischen stand ein anderes Stück auf dem Spielplan, es hieß *Der verliebte Nachbar*, und wie ich einem Plakat entnehmen konnte, wurde dieser Nachbar diesmal von Samuel selbst dargestellt.

Während das Bühnenwerk vor mir ablief, fühlte ich mich hin- und hergerissen. Nicht nur, dass mir die letzte Nacht in Frankfurt mit Samuel wieder gegenwärtig war, ebenso überwältigt wurde ich aber von der Erinnerung an Jannis, und ich spürte Tränen in den Augen.

Aber nein, ich hatte Jannis und die Cyberwelt für eine gewisse Zeit weit von mir geschoben, hatte mich von ihr distanziert, hatte dafür gekämpft, wieder die Agneta zu sein, die ich früher gewesen war. Nun war Samuel der einzige, der einerseits meine Sehnsucht nach Jannis erfüllen, andererseits mich aber auch Jannis vergessen lassen konnte.

Nach der Theateraufführung wartete ich am Bühnenausgang auf ihn, doch es dauerte eine ganze Weile, bis er kam. Da er in Begleitung eines älteren Herren war, sprach ich ihn nicht an, sondern zog mich hinter einem Mauervorsprung zurück.

Nur wenige Schritte vor mir blieben sie stehen.

„Sam, es ist nicht recht, was du da tust," sagte der Mann, der ihn begleitete. „Du mußt dich endlich entscheiden."

Samuel lachte. „Wenn das nur nicht so verdammt schwer wäre", war seine Antwort. „Ich liebe sie beide. Und genau genommen sind sie nicht die einzigen. Ich habe nun mal ein Faible für schöne Frauen, und ich sehe nicht ein, warum ich mich unbedingt auf eine festlegen sollte."

„Aber du arbeitest hier im Ensemble mit beiden zusammen. Mit Sonia *und* mit Carina. Deshalb geht das einfach nicht, was du machst. Was du sonst noch am Laufen hast, das geht mich nichts an, aber wie gesagt: Entweder du lässt beide in Ruhe, oder du entscheidest dich endlich für eine von ihnen."

„Beide haben ihre Qualitäten, Max", meinte Samuel lachend. „Sonia ist zwar die Hübschere, aber wenn du einmal eine Nacht mit Carina erlebt hast..." Langsam setzten sie ihren Weg fort. „Und heute steht mir wieder eine solche Nacht bevor! Es ist mir einfach unmöglich, darauf zu verzichten."

Ich hielt weiterhin den Atem an, obwohl sie inzwischen schon einige Schritte von mir entfernt waren.

Nein, es machte mir nichts aus, zu erfahren, dass aus dem Treffen mit Samuel nichts werden würde. Im

Gegenteil, ich war froh, dass die Entscheidung für mich nun auf diese Weise gefallen war. Das einzige, was mich wirklich quälte, war meine Sehnsucht nach Jannis.

Als ich später in meinem Hotelbett lag und im Dunkeln an die Decke starrte, als ich meinen Neustart in das Jocelyn-Imperium noch einmal nachvollzog und überdachte, als ich mir vor Augen hielt, was in den letzten Wochen, - auch an Negativem, - passiert war..., da wußte ich plötzlich, was ich zu tun hatte.

Danach war ich ruhiger und fiel in einen tiefen traumlosen Schlaf.

X.

Am nächsten Tag flog ich zurück nach München. Inzwischen hatte sich Jocelyn wieder beruhigt und verhielt sich mir gegenüber nett und freundlich wie immer. Das ganze Theater der vergangenen Tage erwähnte sie mit keiner Silbe.

In einer kurzen Pause machte ich ihr ein Zeichen und bat sie in einen Nebenraum. „Ja, Agneta, was gibt's denn?", fragte sie, als sie zu mir herüberkam.

„Jocelyn, ich muß mit dir reden."

Sie schien zu denken, es ginge noch immer um unsere Auseinandersetzung, deshalb winkte sie ab. „Nein, vergiss es, die Sache ist erledigt."

„Es geht um etwas anderes."

„Um etwas anderes?", fragte sie, folgte mir aber doch nach nebenan. Dennoch hatte ich den Eindruck, als wäre sie nicht recht bei der Sache, als wäre es ihr im Augenblick gar nicht so wichtig, was ich ihr zu sagen hatte. Sie hatte sie so vieles im Kopf, dass es ihr schwerfiel, sich auf die Angelegenheiten eines anderen zu konzentrieren.

„Jocelyn, ich werde kündigen."

Nun aber schaute sie mich hellwach an. „Du wirst was? - Nein, Agneta. Du kannst die Sache von neulich doch nicht so ernst genommen haben, dass du nun alles hinwirfst."

„Es hat mir der Sache nichts zu tun. Ich bin krank."

120

Ich hatte mir gedacht, dass es das Beste wäre, ihr zu sagen, dass mich die gleiche Krankheit wie meinen Bruder erwischt hatte. Ich wußte, das war der einzige Grund, den sie akzeptieren würde. Genauso war es ja im Grunde auch: Wofür sich mein Bruder entschieden hatte, hatte mich überzeugt. Inzwischen hatte ich eingesehen, dass sich die Arbeit mit und für Jocelyn verändert hatte, dass *ich* mich verändert hatte. Ich hatte es so satt, mich mit anderen herumzuschlagen, nur um zu beweisen, dass ich in meinem Job wirklich gut war. Ich wußte, solange es Pamela neben mir in der Firma gab, würde sie keine Ruhe geben, bis sie mich endgültig von meinem Platz verdrängt hatte. Und wenn es nicht *sie* war, dann würde es eine andere sein.

„Oh mein Gott, Agneta." Sie nahm mich in den Arm. „Bist du dir ganz sicher? Ich hoffe, du hast die Meinung von mehreren Ärzten eingeholt? Einer allein kann das sicher gar nicht beurteilen, vor allem, da es sich, wie bei dieser, um eine völlig neue Krankheit handelt, über die noch nicht allzu viel bekannt ist."

„Es ist ganz sicher", sagte ich traurig, und ich fühlte mich tatsächlich niedergedrückt, wenn ich mir vor Augen führte, dass ich diesen Job, den ich einmal so sehr geliebt hatte, nun aufgeben sollte. Dennoch wußte ich, es *mußte* sein.

„Was wirst du nun tun? Mußt du in ein Krankenhaus? Gibt es inzwischen eine Behandlungsmethode, die wenigstens ein geringes Maß an Besserung verspricht?"

Ich schüttelte den Kopf. „Nein, in den Krankenhäusern kann man nichts dagegen tun. Noch nicht. Die Krankheit wird bei mir ähnlich verlaufen, wie bei meinem Bruder.

Ich weiß, dass es ihm in dem Pflegeheim, in dem er untergebracht ist, gut geht, und solange ich mich noch einigermaßen fit fühle, werde ich mich bemühen, einen Platz im selben Heim zu bekommen."

„Ja, das wäre gut, dann wärst du wenigstens nicht alleine. - Oh, Agneta, es tut mir so schrecklich leid. Ich werde dich ab und zu besuchen kommen, so oft es meine Zeit erlaubt."

Ich glaubte kaum, dass sie jemals Zeit dazu finden würde, dennoch versuchte ich, es ihr auszureden. „Es ist besser, wenn du nicht kommst. Von meinem Bruder weiß ich, dass gerade das ein Symptom dieser Krankheit ist, dass die Patienten alleingelassen werden möchten. Im fortgeschrittenen Stadium kann es zu Realitätsverlust und Bewusstseinsveränderungen kommen, den meisten der Patienten ist ihr Verhalten dann peinlich. Und wie ich gehört habe, kann das Aufeinandertreffen mit ihnen mitunter sogar gefährlich sein".

„Gut, wenn du meinst… Aber ich werde versuchen, dich anzurufen, solange es möglich ist, das verspreche ich dir. Und wenn ich irgendetwas für dich tun kann, - jetzt oder später, - dann sag mir das bitte. Ich bin in jeder Hinsicht für dich da, das bin ich dir schuldig."

Mit einem tiefen Seufzer der Erleichterung stieg ich an diesem Abend in München in ein Flugzeug und flog nach Hause. Die erste Hürde war genommen.

Kaum zu Hause angekommen, rief ich Ramina an.

Sie war bestürzt, von meiner Krankheit zu hören, und ich konnte die Angst spüren, die sie erfasst hatte, weil sie glaubte, diese Krankheit vielleicht auch selbst in sich zu tragen. Ich versuchte, sie zu beruhigen, denn ich wußte ja, dass sie nicht zu den Menschen zählte, denen diese Krankheit etwas anhaben konnte. Obwohl..., hatte ich das früher von mir selbst nicht auch geglaubt?

„Ich werde versuchen, solange ich noch fit bin und mich um meine Angelegenheiten kümmern kann, einen Platz im *Haus Friedenspfad* zu bekommen“, sagte ich. „Steven wird dort sehr gut betreut, und es wird mich beruhigen, ihn in meiner Nähe zu wissen.“

Sie war den Tränen nahe. „Und ich? Wie könnt ihr mich einfach so im Stich lassen!“

„Ramina, du hast einen wunderbaren Job, du kommst in der ganzen Welt herum, triffst großartige und berühmte Leute. Und sicher findest du eines Tages sogar die ganz große Liebe.“

„Ich glaube, ich habe sie schon gefunden“, antwortete sie leise. „Ich wollte ihn dir demnächst vorstellen, Agneta. Und nun...? Vielleicht können wir dich ja mal besuchen, solange du noch nicht in diesem Heim bist.“

Ich freute mich für sie, ich wußte, welch schönes Gefühl es war, die große Liebe gefunden zu haben. Doch ich konnte unmöglich warten, bis es Ramina passte, mir ihren Traummann vorzustellen. Das hätte mir viel zu lange gedauert.

„Besuch mich nicht, Ramina, es würde uns nur wehtun, wenn wir akzeptieren müssten, dass es vielleicht das letzte Mal ist, dass ich dir noch einigermaßen gesund gegenübertreten kann.“

„Vielleicht können wir ab und zu noch telefonieren, bevor es dir schlechter geht.“

„Ja, vielleicht.“

„Oh mein Gott, Agneta. Jetzt habe ich schon Steven durch diese Krankheit verloren, und jetzt auch noch dich…"

„Denk immer dran, dass es uns gut geht. Und dass wir dich liebhaben."

„Ja, Agneta."

Ich hörte sie schluchzen, und das tat mir weh.

„Leb wohl, Ramina", gab ich ihr mit auf den Weg, - dann legte ich auf.

Als nächstes meldete ich mich im *Haus Friedenspfad* und verlangte Dr. Wilhelm zu sprechen. Die Stimme am Telefon war mir fremd. Hatte die Dame, die mich anfangs so genervt hatte, Feierabend? Oder Urlaub? Oder hatte sie etwa ihren Job gekündigt?

„Wie war doch gleich Ihr Name?" fragte die Neue.

„Vanderbild. Sagen Sie Herrn Dr. Wilhelm, es sei sehr wichtig."

„Einen Augenblick bitte."

Ich fürchtete, sie könnte mich auf später vertrösten, wie ich das mit ihrer Kollegin erlebt hatte, doch schon Augenblicke später war Dr. Wilhelm am Apparat.

„Frau Vanderbild, ich hoffe doch, Sie haben eine gute Nachricht für mich?"

Ich mußte lächeln. Natürlich war ihm jeder Rückkehrer recht, vor allem, wenn er Vanderbild hieß, denn im Zusammenhang mit diesem Namen wußte er, dass es keine Zahlungsschwierigkeiten geben würde.

„Ja, Herr Doktor, ich habe mich entschieden, zurückzukommen."

„Das freut mich sehr. Darf ich fragen, ab wann? Und in welchem Umfang?“

„So bald wie möglich. Allerdings habe ich noch einige persönliche Dinge *draußen* zu erledigen und zu klären, deshalb würde ich zunächst gern mit nur sechs vollen Tagen pro Woche einsteigen.“

„Selbstverständlich, das geht in Ordnung. Ich würde Ihnen das Zimmer neben dem Ihres Bruders reservieren, wenn Ihnen das recht ist. Das ist vor kurzem gerade frei geworden.“

„Oh ja, das würde mich freuen.“ Und ich dachte, dass es sehr schön werden könnte, wenn wir beieinander waren und uns ab und zu treffen könnten. Fast tat mir Ramina leid, weil sie nicht dabei sein konnte.

Am nächsten Tag beschloss ich, zum *Friedenspfad* zu fahren, um Steven zu besuchen und ihm zu erzählen, wozu ich mich entschlossen hatte.

An der Rezeption saß wieder meine ‚alte Bekannte‘, demnach war sie noch immer für DAS TEAM tätig. Ich fragte mich, ob sie bei ihrer Einstellung wohl schriftlich hatte versichern müssen, zu schweigen wie ein Grab, sollte sie die Institution irgendwann einmal verlassen wollen.

„Oh, guten Tag, Frau Vanderbild. Ich hab’s schon gehört, Dr. Wilhelm hat mich davon unterrichtet.“ Sie strahlte, als freue sie sich ganz persönlich darüber. Dann wurde sie wieder ernst und schaute mich besorgt an. „Aber es tut mir leid, Ihr Zimmer ist leider noch nicht ganz fertig…“

Ich lachte. „Das macht nichts, heute bin ich nur hier, um meinen Bruder zu besuchen.“

„Ich verstehe." Sie machte eine einladende Geste in Richtung Fahrstuhl. „Sie kennen ja den Weg."

Ich nickte. Ja, ich kannte den Weg. Und da sie Steven gleich informiert hatte, dass ich auf dem Weg zu ihm war, stand er bereits vor seiner Tür, als ich im dritten Stock aus dem Fahrstuhl stieg.

Lachend kam er mir entgegen, umarmte mich und führte mich in sein Zimmer.

„Wie ich mich freue, Agneta!", sagte er. „Ich wußte von Anfang an, dass das auch für dich eine Alternative sein konnte. Du warst so in deinem hektischen Leben verstrickt, so etwas hält kein Mensch auf die Dauer aus."

Ich setzte mich auf den Bürostuhl, während er wieder auf dem Tausend-Funktionen-Stuhl Platz nahm, den ich inzwischen ja auch schon recht gut kannte.

„Vor allem, wenn man einmal hier gewesen ist", sagte ich, „wenn man einmal erfahren hat, wie friedlich und harmonisch das Leben sein kann."

„Wirst du dein altes Cyberleben hier wieder aufnehmen, mit…, wie hieß er doch gleich? Jannis, nicht wahr? Oder wirst du dir etwas ganz Neues suchen?"

Ich schüttelte den Kopf und lächelte. „Nein, nichts Neues. Ich gehe zu ihm zurück."

„Weiß er es schon?"

Ich hob die Schultern. „Wer sollte es ihm denn gesagt haben?"

„Oh, DAS TEAM hat auch dafür Möglichkeiten. Aber nein, dazu hätten sie deine Zustimmung gebraucht."

Ich stellte mir vor, man hätte ihm tatsächlich schon gesagt, dass ich zurückkomme. - Würde er sich auf mich freuen? Oder würde er mir Vorwürfe machen, weil ich ihn so lange alleingelassen hatte? Hatte er überhaupt bemerken können, wieviel Zeit vergangen war, seit wir uns das letzte Mal gesehen hatten?

Oh Jannis, dachte ich, ich werde es wieder gut machen, das verspreche ich dir.

„Steven, ich bin gekommen, weil es jetzt so viele Fragen gibt, die nur du mir beantworten kannst", wandte ich mich an meinen Bruder.

„Frag nur, du weißt, ich helfe dir gern."

„Zunächst, wie hast du damals in der Realität alles geregelt? Wie war das mit den Ämtern und Behörden? Was muß ich diesbezüglich tun? - Dann: Was hast du mit deiner Wohnung gemacht? Hast du sie verkauft oder vermietet? Bei einer Vermietung würde das vielleicht nebenher noch ein bisschen was einbringen, oder? - Und dann die Sache mit den Sonderprojekten hier. Natürlich würde mir Dr. Wilhelm alles erklären, aber ich würde lieber mit dir darüber reden, da du schon einige Erfahrungen damit gemacht hast."

Steven lachte. „Wow! Das waren aber viele Fragen auf einmal. Aber du hast recht, das alles will bedacht sein. Ich schlage dir vor, du kommst jetzt mit mir in unseren Garten, und dann gehen wir miteinander alles durch. Frage für Frage und Punkt für Punkt. Mewa wird sich freuen, dich wiederzusehen. Darüber, dass du bald in unserer Nähe wohnen wirst, wird sie ganz begeistert sein. Und wenn du das nächste Mal zu uns kommst, dann bringst du auch deinen Jannis mit und stellst ihn uns vor."

Und dann setzte er mir lachend den Helm auf.

Am nächsten Tag begann mein neues Leben. Ein ganz neues Leben diesmal.

Ich hatte Herzklopfen, als ich auf meinem Cyber-Stuhl saß, in meinem neuen Raum, den ich nun rund um die Uhr und ganz alleine für mich hatte. Meine Hand zitterte ein wenig, als ich den Chip einlegte.

Kurz darauf stand ich in dem kleinen Wohnzimmer in meinem Häuschen am See, - und ich hatte das Gefühl, als sei ich nach langer Zeit endlich nach Hause gekommen.

Ich schaute mich um, aber Jannis war nirgendwo zu sehen. Ich trat durch die Tür, hinaus auf die sonnenüberflutete Terrasse. Auf dem Tisch stand ein halbvoller Krug mit Orangensaft, daneben das Glas, aus dem er getrunken hatte. Ich überlegte, ob ich rufen sollte, tat es dann aber nicht. Ich wollte sein Gesicht sehen, wenn wir uns plötzlich und unvorhergesehen gegenüberstanden.

Einen Augenblick lang setzte ich mich und wartete, atmete den Duft der Blumen ein, die die Terrasse säumten, hörte den Bienen zu, die summend um das leere Saftglas schwirrten.

Als er noch immer nicht kam, stand ich auf und lief über die Wiese auf den Bootssteg zu. Und dann sah ich ihn im Wasser, mit den Armen kräftig ausschlagend schwamm er gerade eine Runde.

Plötzlich schien er mich bemerkt zu haben. Eine Sekunde lang hielt er inne und starrte zu mir herüber, als traue er seinen Augen nicht. Dann sprang er mit einem Satz aus dem Wasser, kam mir mit einem lauten Jubelschrei entgegengerannt und nahm mich, nass, wie er war, so stürmisch in die Arme, dass mir fast der Atem wegblieb.

„Agneta! Oh, mein Gott, Agneta. Du bist wieder da."

Wir küssten uns wie Ertrinkende, und ich wußte nicht, ob es meine oder seine Tränen waren oder einfach nur das Wasser vom See, nach dem unsere Küsse schmeckten.

„Geh nicht wieder weg", sagte er leise. „Jedenfalls nie wieder für so lange Zeit."

„Nein, nie wieder, das verspreche ich dir."

Wir waren auf der Terrasse angekommen. Ich nahm das Duschtuch, das über einem der Stühle hing und rubbelte sein Haar trocken, dann seine Schultern... und immer wieder hielten wir uns im Arm und küssten uns.

Ich war nach Hause gekommen, und nun wartete ein wunderschönes sorgenfreies Leben auf mich. Auf mich und auf ihn, - auf uns gemeinsam. Und ich wußte, niemals, niemals würde ich meinen Schritt bereuen.

Weitere von Doris Bühler erschienene Romane:

Queenie (2011)

Timeflyer (2013)

Ramy und Chris (2013)

Irrlichter (2013)

Der Andere (2014)

Wechselspiel (2015)

Das Haus im Nirgendwo (2016)

Im Netz der Lügen (2019)

Dark Moon (2020)

Begegnung in Paris (2012)
(12 Kurzgeschichten)

Alle Bücher erhältlich bei
Amazon